コミネシゲオ

コミネシゲオ

はしがき

私は牛が曳く荷車に乗っていた。進行方向とは逆の後ろ向きに荷車に乗り、でこぼこ道が細く長く続いている。周りは緑が鮮やかで、春も暖かくなった五月の頃と思われる。これが私の意識に残る最も古い記憶である。暖かい風と穏やかな田舎の風景、牛に曳かれた荷車だけが記憶の中にある。幼児の私が一人で荷車に乗っているはずもなく、おそらく母も一緒に乗っていて、ことによればその膝の上から見た景色なのかもしれない。

この荷車の話をしても、母は全く覚えがないらしく、この記憶を共有できる人はだれもいない。

その後の記憶は母や父の記憶に裏付けられ、その時期や場所が推測できるようになる。

天井の節穴が髪の長い女の姿に見えて、恐ろしくて家に入れなかった記憶。虫垂炎で父が入院しているときに、母方の祖母が来てブリキの機関車を買ってくれたこと。この時の記憶も、一緒にいたはずの祖母の顔や、買ってもらった機関車自体よりも、その帰りに寄った食料品店の棚に並んだビニール袋詰めのえんどう豆の煮豆の緑色の方がより鮮明だったりする。

もう少し大きくなると、言葉や人の表情が記憶に登場する。母に背負われて行った八百屋の主人に「もうすぐお兄ちゃんになるのに、おんぶされているのかい」とからかわれて、自尊心が傷ついた私には、この八百屋の主人の笑顔がひどく不愉快だった。

年齢を重ねるほど記憶の中の登場人物は増えてゆく。頼りない不安な記憶から、家族や友人の温かい笑顔に満ちた思い出がアルバムのように厚みを増してゆく。

本書では、そんな記憶のかけらたちを手繰り寄せ、折々に書いた詞に交えて綴ってゆこうと思う。

目次

Komine Shigeo
Contents

（一）コミネシゲオ

二〇一八年の秋ごろだったと思う。県立高校の教頭をしていた弟が「今度、ミュージシャンになったから」と名刺を差し出した。名刺には「シンガーソングライターコミネシゲオ」とある。「シンガーソングライター」という、いかにも自由な肩書と、今どきはお役所でも使わない純白の厚手ケント紙製の名刺の組み合わせがどうにもしっくりこない。それに「コミネシゲオ」はどうしてカタカナ？　名刺の上がみんなカタカナで読みにくい。頭の中でいろいろな疑問が交錯し感想に困っていると、そんなことにはお構いなく、「ＣＤも出したんだ」と弟は楽しそうである。

聞けば、もう数年前から曲を書き溜め、コウダタカシさんというプロのミュージシャンの力を借りて、オリジナルのＣＤを作り、一〇〇〇枚プレスしたという。カタカナ名については、ミュージシャンの名前はコウダさんのように、カタカナで書くのがイカスので、自分も「コミネシゲオ」なのだそうだ。近いうちに県教育委員会に兼業許可の申請をして、プロとしてデビューするつもりだという。プロデビューってそんなに簡単にできるのかな、と考えていると、「CD、出来上がったら持っていくね。何枚欲しい?」と自信満々だ。もっとも、弟は、教育現場でよく使う「自己肯定感」がもともと強く、いつでも前向きである。両親もそんな弟を「うぬぼれが強い」と評していた。

ただ、単に前向きであるというだけでなく、彼には子供のころから一種のスター性というか、人を引き付ける魅力があったような気がする。もちろん家族の中や、学校のクラスの中というようなささやかな世界での話であるが、彼はいつでも周りの注目を集めていた。笑いを取ったり、感心させたり、茶目っ気たっぷりの表情で、気が付くと人の視線の中心にいた。

小さなころから歌が好きだった弟は、小学校一年生のころ、「チュンチュンチュンチュン」という歌を作って家族に披露した。

「チュン・チュン・チュン・チュン・チュンチュン・チュン・チュン・チュン　青い空と白い雲、今日も小鳥が鳴いている」という、いかにも子供らしい、他愛もない歌だった。しかし、単純ながら親しみやすいメロディーラインで、当時小学校四年生だった私も、ふと気が付くと弟が作った歌を口ずさんでいた。いつもは冷静で皮肉屋の母も「あら、すごく上手」と拍手をした。何事にも子供自慢の父は「すごくいい歌だな、すごいな、シゲオには才能がある」と弟の歌に陶酔した感だった。私は賞賛の意味を込めて、弟が画用紙に書いた詞の周りに欄外装飾風に小鳥や花の絵を描いてあげた。

私が高校に、弟が中学校に入学したころは、フォークソングが日本中を席捲していた。自分の思いを歌にして、ギター一本で歌い上げるシンガーソングライターは、当時の中高生の憧れのスターだった。ただスターというだけでなく、そこに知性や、主体性、独立性を感じさせたし、何よりシンガーソングライターは権威や権力をものともしない若い表現者の旗手であった。

そんなシンガーソングライターに、弟も私も憧れた。二階のアコーデオンカーテンで仕切られた子供部屋の二段ベッドに座り、中学一年生の弟はギターをかき鳴らして「作曲」をし、高校一年生の私は背伸びをした詩を書き「作詞」と称した。私の書いた詩はさておき、弟がギターのコードを頼りに作り上げた曲は、なかなかのものに思えた。

私たちはすっかりシンガーソングライター気取りで、デビューのチャンスに備えて、「山椒大夫」というグループ名まで用意した。一曲仕上がると、弟がギター一本の伴奏で歌い、ソニーのカセットテープレコーダーに録音した。B5判のレポート用紙に歌詞とギターコードを鉛筆で清書して、私たちはこれを「楽譜」と呼んだ。知恵を絞って生み出したものが形になるのは楽しいことだった。深夜の一時、二時までギターをかき鳴らす私たちに母は「何時だと思ってるの！　いい加減にしなさい」とあきれ顔であった。弟との歌作りは三年ほど続き、コクヨの水色のファイルに綴じ込まれた「楽譜」は四〇枚を超えた。私たち兄弟にとってそれは遊びなどではなく、真剣な創作活動であった。

ある日のこと、詳しい原因は覚えていないが、私と弟は出来上がった歌について口論になった。お互いに引くことはなく、弟は「もう、兄貴とは歌は作らない！　こんなもん、捨てちまう」と言って、大切なファイルをごみ箱に叩きこんだ。弟は止めてくれるのを期待したのかもしれないが、意地になった私も止めなかった。かくして二人で作った歌は失われた。私たちの歌作りはこの日で終わってしまった。

気まずい空気はほんの数日のことだった。間もなく受験勉強が忙しくなったせいもあり、歌のことはどちらからも言い出さなかった。春になり、私は大学に、弟は高校に入学した。新生活が始まると、いつしかギターも押し入れにしまわれ、弟は高校に入って始めたボクシングに熱中していった。

弟はあの日の口論を全く覚えていないらしい。あのファイルがまだ母の家のどこかにあるはずだと、母の家に来ると、納戸の古いアルバムの入った棚を覗いたりしている。表紙に書かれたマジックインキの文字も、中に綴ったレポート用紙の罫線の色まではっきり覚えている。弟が歌ったメロディも一〇曲程度は覚えている。どうしてあの時そっとゴミ箱からファイルを拾っておかなかったのだろう。あのファイルを今、弟とながめることができたら、どんなに楽しいことだろう。

15　コミネシゲオ

「真夜中のサイクリング」

作詞　永山伸一
作曲　コミネシゲオ

真夜中のサイクリング　ペダルこぎだした
虫の声風のささやき　あなたのひくいハミング
闇の中ゆれるライト　先に何も見えなくて
どんなに走っても　あなたはそばにいてくれた
このままどこまでも　行けると信じてた
このままどこまで　どこまでも行けると信じてた

真夜中のサイクリング　なみだがとまらない
つらい夢眠れない夜　思い出闇のかなた

わたしに足りなかったもの　あなたを振り返ること
むずかしいことなのね　伝える言葉「ありがとう」
あのままどこまでも　行けると信じてた
あのままどこまで　どこまでも行けると信じてた

真夜中のサイクリング　もういちどこぎだした
上り坂はじめてきた道　突然吹いた風
背中に感じたあなたの手の平　あなたの温もり
闇の中走り抜ける　わたしの思い出の自転車
わたしきっとまたどこまでも生きてゆく
わたしきっとまたどこまでも生きてゆく

（二）真夜中のサイクリング

私には二歳違いの弟のシゲオと、ひとまわり（十二歳）違いのトモコという妹がいる。父は県立高校の英語の教員だった。六〇歳で定年を迎え、退職後十年ほど県内の私立高校に勤めたのち、二〇一二年の六月に八〇歳で他界した。母はいわゆる専業主婦で、神経質で心配性の父とは対照的に、のんびりとした性質で、私の目にはあまり相性の良い夫婦には見えなかった。

父は時々、突飛なことを言い出した。そのたびに「また始まった」と母は制止するのだが、私たち子どもは、そんな父の提案を面白がることが多かった。

私が高校三年生、シゲオが中学三年生の夏休みだった。私は旺文社の大学受験ラジオ講座を聞き終ったところだから、午前一時くらいだったのだろう。父が二階に上がってくる足音がした。子供部屋のドアが開く音がして、父の顔がのぞいた。「何？」と聞けば、「いい風が吹いているから、サイクリングに行こう」と言う。「え、夜中の一時だけど…」と一瞬思ったが、スリリングで魅力的な思いつきだった。「行く、行く！」同じ子供部屋の隅の二段ベッドでギターをいじっていたシゲオが先に賛同した。かくして私とシゲオはパジャマからGパンとTシャツに着替え、小銭をポケットに突っ込んで支度をした。外に出ると、いかにも深夜らしい夜露のにおいがした。「何？　今から自転車？　朝になっちゃうよ！」と怪しみ呆れる母を尻目に、私たち三人は自転車をこぎだした。私たちにとっては、ちょっとした冒険だった。

一九七六年、私たちが住んでいた小山市は今よりずっと小さな町だった。国道五〇号線を越えると、人家もまばらになり、街灯も少なかった。国際電信電話の森まで来ると、アスファルトの細い道をぼんやりと浮かび上がらせるのは月明りだけだった。森の中で、道端の草むらで盛んに虫が鳴いていた。草いきれが昼の暑さを思い出させた。三台の自転車のライトはよろよろと闇の中に揺れた。前方を見通すには全く役に立たないものの、黄色い弱々しい光が左右に揺れて、かろうじて、お互いの自転車がどこを走っているかの確認はできた。三台の自転車は前になり後ろになり走り、並走するとゆっくり話もできた。私とシゲオの自転車が先を行き、父の自転車が大きく後方に遅れた。

後ろから父のハミングが聞こえてきた。耳が良くないのか、音痴なのか、父が歌うとどの曲も同じように聞こえる。どうもピーター・ポール&マリーの「ゴーン・ザ・レインボウ」

を歌っているらしい。私とシゲオもメロディーラインを修正しながら歌った。歌や会話が途切れると、チェーンのきしむ音と自転車の発電機の低いうなり、そしてタイヤが路面と摩擦する音が聞こえた。

帰宅すると、母の忠告どおり、夜も白々と明けていた。朝もやが立ち、庭先の赤いブリキの郵便受けは露にぬれていた。

21　真夜中のサイクリング

(三) 四〇年後

ある日、ギターを弾きながら、私に新曲を披露していた弟は、ふと「お父さんとよく霞ヶ浦に行ったり、自転車乗りに行ったりしたよね」と父の思い出話を始めた。

そうだった、そんなこともあったな——と家に帰って天井を見上げていると、亡くなった父との思い出が次々浮かんできた。そうだ、四〇年ぶりに詞を書いてみようか。最初に浮かんだ夜の風景を手近にあったノートに書き留めた。高校生の頃は絞り出すように、無理やり書いていた詞だったが、四〇年という時間が経ち、還暦を目前にした私の頭には次々と言葉が浮かんできた。まるで今朝、真夜中のサイクリングから帰ってきたような鮮明な記憶がよみがえった。朝露の匂いさえもよみがえってくるようだ。出来上がった詞には単純に「真夜中のサイクリング」という題をつけた。早速、パソコンで清書し、家のプリンターで印刷した。

印刷した歌詞を持って、弟の家へ出かけた。ちょうど弟の誕生日だった。四〇年ぶりに詞を書いたと言いうのが照れくさくもあり、「誕生日のプレゼントね」と言って手渡した。

弟はすぐにそれと分かったらしく、老眼鏡をかけて目を通した。「お！これ、いいね！お父さんと行ったサイクリングを思い出す」と、弟は大そう気に入ってくれた。曲のインスピレーションもすぐにわいたらしく、弟は一晩で曲を書き上げた。夜のにおいがする、しっとりとした『真夜中のサイクリング』が出来上がった。

その後も、私は思いつくまま詞を書き、弟のところに持ってゆくようになった。特に詞について説明はしないが、弟は、詞の情景によく合う曲をつけてくれる。玄関のチャイムが鳴る。ドアを開けると「できたよ」と弟が音源のメモリーを持って立っている。

(四) 父の死

父が亡くなってから、今度の六月で一一年になる。一一年前の六月二九日の夕方、入院していた病院に父を見舞った。仕事場が近かったので、帰り道に必ず父に顔を見せてから帰るようにしていた。とは言っても、特に話があるわけでもないので、五分か一〇分、枕元に座っているだけだった。あまりにも話がないので、昔話をしてみた。

「昔、シゲオとぼくとお父さんの三人で、無線山の向こうまで、真夜中にサイクリングしたこと覚えている? まだシゲオが中学生の頃だったと思うけど。」

しかし父の返事は「覚えていないな〜」だった。私と弟にとってのとびきりの思い出のサイクリングも、父にはあまり印象深い出来事ではなかったらしい。

時間を持て余し、「明日は土曜日だから、午前中に来るね」と言って部屋を出ようとした。父の目が何か言いたげに私の姿を追うので、私は何か付け加えて言わなければいけないような気がした。それで戸口で振り返り、とってつけたように言った。

「お父さん、今までありがとう。」

子煩悩な父だった。私たち兄弟が子供のころは、手放しで私たちをかわいがった。ぼろぼろの借家住まいを引き合いに出して、「掃き溜めに鶴」と評した。とにかく父にとって私たちは「かわいくて賢い」自慢の息子たちだった。

ところが、私は長ずるとともに父の自慢の息子という資格を徐々に失っていった。何より学校の成績が芳しくなかった。高校教師だった父は、中学時代の私の成績の悪さを随分心配していた。自分の専門である英語は徹底的に個人教授した。専門外の数学については、教え子の優秀な大学生に頼み込み、家庭教師になってもらった。私は自分の成績が悪いこと自体よりも、それによって父がいら立ったり、知り合いに家庭教師を頼んだり、大騒ぎすることが嫌だった。夕食の後などに父の英語の授業が始まったりすると、私は辟易としたものだった。

大学を出たあとも、就職もせずに何年も国家試験受験をして、私がようやく人並みに「職」に就いたのは二七歳の年だった。大学を卒業してからの五年間、父は随分と気を揉んでいたらしい。それが私の事務所開設で、それまでの不安が一気に払しょくされた。ほっとするのを通り過ぎて、父は有頂天になった。会う人、会う人に私の開設した事務所を自慢し、一緒にいた私を当惑させた。

父は、私の息子と娘もとてもかわいがってくれた。定年退職後、増築した洋間に黒板を設え、私の息子や娘が中学生になると、英語を教えた。教える様子を見ていると、私が中学生だったころのいらいらとした様子はなく、孫たちを見守る眼差しは限りなく優しかった。息子も娘も父によくなつき、「おじいちゃんの英語はとても楽しい」と言った。父は父で、「ショウちゃんは英語のセンスが抜群に良い」とか「コトちゃんは発音もいいし、驚くほど覚えが速い」などと手放しで孫たちをほめた。学校での教師としての父の姿を私は見たことがないが、多くの教え子の皆さんが「永山先生の英語の授業は、わかりやすくて面白かった」と言ってくださる。私の息子と娘は教師としての父の最後の生徒となった。

病室を出るとき言った「ありがとう」は、そんな父への感謝と謝罪の気持ちをこめて、初めて私が父に言った「ありがとう」だった。

その翌日の土曜日の未明、病院からの電話が鳴った。私たちが病院にかけつけた時には、すでに父の息はなかった。

27　父の死

(五) 夢

夢の中で会いたいと思う人がいても、なかなか会えないものだ。学生のころ読んだフロイトの『夢判断』では「夢の中での記憶は覚醒時の生活の中にあったどうでもいいもの、見過ごされたものを好んで取り上げる」と書いてあった。そうか、そのせいで本当に会いたいと考えている人や、大切に思っている人とは夢では会えないのか、と合点した。

ところが父が死んで五年を過ぎたころから、時折父が夢に出てくるようになった。先日も父の出てくる夢を見た。

私はどこか大きな川の堤防沿いの道をジョギングしている。ほかにも大勢ジョギングをしている人がいる。生暖かい風が吹いて足元の草を揺らしている。私は一所懸命走っているのだが、さっぱり足に力が入らない。走っても、走っても、足はまるで空を蹴るようで、後から来た人が次々に私を追い越してゆく。もともと私は走るのは得意ではないが、それにしてもこれはひどいと私はあわてた。見れば前に小さい痩せた老人がよろよろと走っている。こんな年寄りなら追い抜けるはずだ、いや、せめてこの老人くらいは追い抜かないと。私は足に力をこめようとするが、相変わらず足は前に進まない。焦りと情けない気持ちでもがいた。

その時、誰かの手が私の背中に触れるのを感じた。その手は優しく私を押した。するとまるで空回りしていたギアがカチッとかみ合ったように足に力がみなぎった。スピードがぐんぐん増し、その老人を軽々と追い越すことができた。余裕が出た私は、追い越しざまに振り返り老人の顔を見た。

「あ！」と私は声を上げた。手を添えてくれたのは、私が今追い抜いたその老人であり、その老人の顔は、懐かしい父の顔であった。久しぶりに見る父の笑顔であり、久しぶりに触れた父の手だった。

「Happy《ハッピー》 Birthday《バースデー》」

作詞　永山伸一
作曲　コミネシゲオ

星空を見上げて今年も祝うよ
あなたが生まれた日　田鏡《たかがみ》　揚雲雀《あげひばり》
この世に悲しみなんてないと信じてた
あなたの笑い声　泣き顔さえ愛おしい
ひとりじゃないからね
いつまでも一緒にいるよ
あれからもう何年
あなたを心に抱いて
Happy Happy Birthday
Happy Happy Birthday
Happy Happy Birthday

31　Happy Birthday

Happy Happy Birthday to you

両手を広げて空を仰げば
手のひらにぬくもりが静かに降り注ぐ
初めて歩いた日　初めて呼ばれた名前
あなたの笑顔が涙の雲吹き飛ばした
あなたがくれた幸せ
わたしは灯し続ける
いつまでもここにいて
心に生きるあなたに向けて
Happy Happy Birthday
Happy Happy Birthday
Happy Happy Birthday
Happy Happy Birthday to you

（六）Aくん

毎年六月になるとシゲオには来客がある。今年もお菓子の包みを持ってやって来たその女性は、ひとしきり世間話をした後でコーヒーカップを置いた。

「もう二五年になります。」

女性には二五年前に十九歳の若さで逝った息子があった。仮にAくんと呼ぶ。六月生まれのAくんの誕生日が近くなると、女性は息子の担任であったシゲオを訪ね、Aくんの思い出話をするのがいつからか習いとなっていた。そんな訪問を受けて、シゲオも田んぼに水が入り、南風が吹くころになるとAくんを思い出すようになっていた。

シゲオがK養護学校（現在のK特別支援学校）の新規採用教員として赴任したのは一九八四年のことだった。担任した小学部一年生のAくんは車いすに乗っていた。聞けば、A君は、小さなころ歩行訓練を受けたものの、うまくいかず一度も歩いたことがないのだという。きれいな顔立ちの色の白い男の子だった。見た目のひ弱な印象とは違ってなかなか気性の激しい子だった。気に入らないことがあると、大人に徹底的に反抗した。先生たちの間でも指導の難しい児童だった。そんなこともあり、A君のお母さんは、朝A君を学校に送ってくると、そのまま教室の片隅の椅子に座り、下校時刻までA君の様子を見守った。

養護学校での指導は、一人一人の障害の程度がまちまちであることから、その指導はほぼ個別指導になる。新任のシゲオはこの車いすの少年と正面から向きあうことを決心していた。わがままは許さない覚悟をした。様々な障害を背負って生活するAくんではあったが、この子が、今の日本で、皆が生きる日常を生きられるようにしよう。加えて、生活の中での楽しみや喜びをたくさん体験させたい。そのためには、好きな食べ物や、好きな遊びだけでごまかすことは許されないと思った。

ある日Aくんがひどく腹を立てて暴れた。暴れるAくんを制止する中でシゲオはふと思った、「この子、本当に立てないのか？　本当に歩けないのか？」Aくんの中には若々しい力がみなぎっていた。

シゲオは、この子を――A君を、必ず車いすから立たせてあげようと決心した。手始めにシゲオは、いつもA君に付添うお母さんに、下校時刻まで図書室にいるよう頼んだ。Aくんが何か気に入らないこと、やりたくないことがあると、お母さんに目で助けを求めていることにシゲオは気が付いていた。教室にお母さんの姿はなくなり、シゲオとA君が一対一で向き合う形が出来上がった。シゲオはA君のみなぎる力を「立ち上がる」という方向に向けるため、車いすを後ろから押すのではなく、前に回ってA君の両手を握り、A君がいつでもシゲオに体を投げ出せる位置に陣取り、A君と話をしたり、歌を歌ったりした。来る日も来る日も、とにかく車いすからおしりを浮かせる動作を、シゲオに体を預ける動作を促した。車いすの前にかがみこみ、シゲオの目はいつもA君の目の高さにあった。

もともとシゲオには人を引き付けるやさしさというか、人間味というか、なんとなくそばにいたくなるような温かさがある。それを感じ取っていたのか、最初は反抗的だったAくんだが、シゲオの両手を握り、顔をシゲオの胸にうずめてごきげんな様子であった。

そんなシゲオの指導の成果だったのか、たまたま時期が満ちていたのか、ある日、Aくんは、突然自分の体をシゲオに投げ出した。シゲオの両手を握り、震える両足を踏ん張り生まれて初めて自分の足で立ち上がった。はじめ教室にいた人達は、先生方も子どもたちも、誰もA君が立ち上がったことに気づかなかった。

「Aちゃん！」甲高い叫び声が教室に響いた。図書室のいるはずのA君のお母さんが、いつの間にか、教室の戸口に立っていた。A君のお母さんは二人に駆け寄り、泣き崩れた。

「先生ありがとう、先生ありがとう…」あとはただ泣くばかりで言葉にならなかった。その声で教室中の視線が、一斉にA君親子とシゲオに注がれ、先生方も初めてA君に何が起きたのかを悟った。

教室中から拍手が起こった。この時のA君の弾んだ息、やわらかい手の感触、腕の中に飛び込んできたA君の確かな重みは、今も体の中に残っているとシゲオは言う。

シゲオはこの学校に三年間勤務した後、足利市にある高等学校に転勤となった。六年生になった時、徒競走で見事な走りっぷりを披露したというようなA君に関するニュースはしばらくの間、教員仲間を通して何度かシゲオの耳に入っていたそうだ。

その後、シゲオがAくんの早すぎる死を知ったのは、A君のお母さんからの電話だった。

（七）月面の足跡

月面には一九六九年にアポロ一一号の乗組員がつけた足跡が今でもくっきりと残っているそうだ。水も空気もなく、風も吹かない月面では、砂粒ひとつ動くことはなく、一度刻まれた足跡は消えることなく、今もそのままなのだという。漆黒の空間に浮かぶこの美しい天体は、五〇年はおろか、一〇〇年、一〇〇〇年前も同じ表情で輝いていたのだろう。

先日、恩師のY先生が私の仕事場にふらりと現れた。高校時代の担任の先生で、教科は英語だった。自営業の私の事務所が寄りやすいのかもしれないが、それでも三〇分近く電車に揺られ、駅ビルで買った手土産のお菓子などをぶら下げて遊びに来られる。前触れなくふらりと現れるのはこの先生の昔からの常で、私が高校生の頃も「家庭訪問来たよ」と突然玄関に現れ、母を当惑させた。偶然にも弟は私と同じ高校に進学し、担任を持ったのは、これまた偶然に、このY先生であった。そういうわけで、Y先生は、シゲオと私の間で、頻繁に話題に上る。

「今度、また、弟がCDをプレスしまして。」先生にシゲオのCDを差し出す。現職の教員のシゲオは、どんどん新曲をレコーディングしてCDにプレスするのだが、「兼業許可」とやらが県教育委員会で通る見込みが立たないので、販売に踏み切れない。そうなると「リリース」と呼ぶのも何か違うような気がするので、私は「プレスした」と言って紹介する。この時、三曲入りのCD「Happy birthday」を渡した。

「Happy birthday」はシゲオがしみじみ語ったK養護学校のA君の話を聞いて、私が書いた詞だった。母親の心の中に今も生き続けているA君の姿は、私に学生の頃に読んだ福永武彦の「草の花」の一節を思い出させた。

「僕等が、存在することによって他者に働きかけるように、既に存在した者も、依然として生者に働きかけるのだ。一人の人間は、彼が灰となり塵に帰ってしまった後に於ても、誰かが彼の動作、彼の話しぶり、彼の癖、彼の感じかた、彼の考え、そのようなものを明かに覚えている限り、なお生きている。そして彼を識る人々が一人ずつ死んで行くにつれて、彼の生きる幽明界は次第に狭くなり、最後の一人が死ぬと共に、彼は二度目の、決定的な死を死ぬ。」

今は亡き大切な人の記憶は、亡くなる前の好ましい笑顔のままだ。生きている人間は一年一年、確実に齢を取るが、死という固定された時間軸に閉じ込められた死者の表情は今もみずみずしいままで、しわ一つなく、しなやかな姿のまま笑っている。

数日後、シゲオがY先生から礼状が届いたと、先生の手紙を持ってきた。七〇を過ぎたY先生の手紙には「時がたっても変わらないというのは、切ないな」と書いてあった。

39　月面の足跡

「届かない手紙」

作詞　永山伸一
作曲　コミネシゲオ

駅前のなつかしいレストランの　二人のいつもの角の席
温かい香りあのころと　ちっとも変わっていないね
昔と同じテーブルで　あなたへの手紙書いてみた
届くはずないとわかっている　それでもあなたに送るわ
悔やんだわけ　恨んだわけ　あきらめたわけ
泣いたこと　疲れて眠ったこと
あなたが好きだった青色のインク
涙でゆがんで滲んでいる
そして最後に浮かんだ言葉
ずっと言えなかった　ありがとう
そして最後に綴った言葉

あなたへの　ありがとう

思い出の街を歩いてみよう　二人で散歩した並木道
人のざわめき　あのころと　ちっとも変わっていないね
青いインクのあなたの手紙　今日の青空を映してる
届くはずないと思っていたの　はるかに遠いと思ったの
春の桜《はな》　南風　秋の彩り
雪が降る長い冬を越えて
軽いスカート　風になびかせ
笑顔のあなたに戻ってよ
聞こえているよ　届いているよ
あなたが綴った　ありがとう
届いているよ　あなたの手紙
あなたからの　ありがとう

（八）漂流ポスト

東日本大震災の津波被害を受けた陸前高田市に、亡くなった人や行方不明の人あての手紙を投函できる郵便ポストがあるそうだ。カフェの経営者の赤川さんという方が設置したポストで、その名を「漂流ポスト」というのだそうだ。

43　漂流ポスト

（九）武蔵境《むさしさかい》

シゲオの妻のヒロコが最後に入院していた武蔵野赤十字病院はＪＲ武蔵境駅から一〇分ほど歩いたところにある。

いよいよヒロコの状態が悪くなり、七度目の入院ということになった。歩く力もなくなり、はたして栃木から武蔵境まで行けるものかしらと危ぶんだが、ＪＲに相談してみて驚いた。栃木県から宇都宮線に乗れば、駅職員がエレベーターまで迎えに来てくれて、車いすごと電車に乗せてくれる。ゆく先々の乗換駅には既に連絡が行き届いており、駅職員が待っており、介助をしてくれる。武蔵境駅からタクシーで難なく日赤病院までたどり着いた。それまで国鉄にもＪＲにも鉄道会社というだけで、特に何も感じたことはなかったが、特別の事情ある人にこれだけきめ細かな配慮をしてくれることを知って、驚き、感心した。ＪＲに対する私の好感度は大いに増大した。

ヒロコは三三歳のころに癌が見つかり、それ以来ずっと闘病生活をしていた。手術をして「治ってよかったね」と言っていると、数年経つとまた別な癌が見つかった。シゲオと同じ県立養護学校で教員をしていたが、発病以来長い休職が続き、復職の可能性も少なくなったので四十歳を前に退職した。体調が良い時期にはよくシゲオと海外旅行に出かけた。決して長く平穏な人生は生きられないと予感していたのか、シゲオとの時間を積極的に楽しんだ。何よりもシゲオとの時間を優先させていたのだろう。

ヒロコとシゲオは名医と呼ばれる医者を追いかけ、順天堂大学病院、癌研有明病院など癌の治療で評判の病院を転々とした。そのためならシゲオは金にも時間にも糸目をつけなかった。いよいよ末期となった時に頼ったのが、武蔵境にある武蔵野赤十字病院だった。このまま帰ってこられるだろうかと私の頭に不安がよぎったが、おそらくシゲオも同じ不安というか、予感を抱えての入院であった。

私が車いすを押し、シゲオがヒロコの横に寄り添うようにして武蔵境の駅の改札を出た。良く晴れた日だった。ロータリーでタクシーに乗ろうとすると、レストランの看板を見てヒロコは「ピッツァが食べたい」と言った。もう水くらいしか喉を通らない状態のヒロコにシゲオは「退院の時にね」と言った。

武蔵境の駅前はにぎやかだった。小春日和の穏やかな日差しにコートを手に持って歩く人も多かった。喫茶店で語らう人、レストランの前に待ち合わせらしい人。ショッピングセンターから買い物袋を抱えて出てくる家族連れ。ごく普通の日常があふれる明るい街の人波をかき分けるように、私たちを乗せたタクシーは病院に向かって走った。

47　武蔵境

（一〇）命日

「ヒロコの命日だったから武蔵境に行ってきた」というシゲオに「え？　お墓じゃなくて？」と母は不思議そうな顔をする。シゲオはヒロコの命日に、彼女が亡くなった病院がある武蔵境まで行き、そのころの一日をなぞるように再現しているらしい。

ヒロコが最後の入院をして息を引き取った武蔵野赤十字病院はＪＲ武蔵境駅から少し歩いたところにある。ヒロコの入院中、シゲオは毎週金曜と土曜に、この武蔵境駅前のホテルメッツに泊まり、土日にヒロコを見舞った。朝は上島珈琲で軽い朝食をとり、街をぶらぶらしてから面会時間になると病院まで歩いてゆく。病院で軽食をとり、夕方になるとまたホテルに戻るというのがこの時期の土日の日課だったようだ。ちゃんと食べないと、と注意したことがあったが、もともと胃腸の弱いシゲオは、軽食くらいがかえって体調が良い、と笑っていた。

二〇一三年が明けた一月に私は妻と二人でヒロコを見舞った。強い鎮痛剤を処方されていたヒロコは意識もすこしぼんやりとしていたらしく、口数も少なく、笑わなかった。毎週土日にヒロコのベッドの横に座っているシゲオは、ヒロコと何を話し、どんな時間を送っているのだろうとその時、私は思った。

「今、息を引き取った」シゲオから電話があったのは、それから一月ほどたった二月二〇日の深夜だった。「これから行こうか」と尋ねると、「遠いからいいよ、トシオちゃん――私たちの父方の従兄で木場に住んでいた――が来てくれるから」と言った。翌朝早く、シゲオは従兄に送られて帰宅し、ヒロコの遺体は葬儀社の霊柩車で少し遅れて帰宅した。霜が降り、吐く息も凍る寒い朝だった。

（一一）エマオの旅人

新約聖書（ルカの福音書二四章一三節）には有名なエマオの旅人の話がある。簡単に紹介するとこんな話だ。

イエスの死後三日目、マグダラのマリアは墓に行ってみたものの、イエスの遺体は見当たらず、輝く衣を着た二人の人に「なぜ、生きておられる方を死者の中に捜すのか。あの方は、ここにはおられない。復活なさったのだ。」と言われた。ペトロが墓に確かめに行ったがそこには亜麻布しかなかった。

ちょうどそのころ、二人の弟子がエルサレムを去り、エマオという町へ向かっていた。そこへ、イエス自身が近づいて来て、声をかけ、いろいろ話をしながら一緒に歩いた。弟子たちは一向にその人がイエスとは気づかない。エマオに着き、一緒に夕食の席に着いたとき、「旅人」がパンを取り、賛美の祈りを唱え、パンを裂いて渡す様子を見て二人は「旅人」がイエスだと気づく。時を同じくしてイエスはエルサレムでシモンに現れていたという事実をこの二人の弟子はその後エルサレムに戻った際に他の弟子たちから聞かされ大いに驚いたという話である。

復活したキリストは、空間を超え、時間を超えた存在になったようだ。A地点にいるからB地点に不在ということはなく、A地点にもB地点にも存在し、昨日にも、今日にも、明日にも、同時にくまなく存在するのが復活したキリストのようだ。

六十歳を超え、身の回りで親しい人たちが亡くなるということが多くなってきた。死んでいった人達のことを思い出すにつけ、このエマオの旅人とイエスの出会いの物語が頭をよぎる。

とても敬愛している人がいたとしても、今、ともにこの世を生きている限り、そこには空間や時間、社会的距離という制約があり、私たちの関係を隔てる。私がどんなに敬愛しようが、彼もしくは彼女は私とは別の空間に生き、私には見えない彼らを中心軸とする別の世界があり、彼らはそこの住民である。

ところが、その大事な人が亡くなると、その肉体の滅びとともに、その周りにバリアのように張り巡らされていた空間や時間が消失してしまう。敬愛していた伯父や伯母、そして父や恩人、友人の葬儀などに参列し、別れを告げた人との間に「縁が遠い、近い」の差がすっかりなくなっていることに気づく。物理的距離や、家族や肉親が最も近く、次が友人、次いで職場の同僚、同級生というような縁の距離が急に取り払われ、故人との交流が、ある意味自由となる瞬間が死なのかもしれない。

私たちの大事な人は、生涯を終えたその瞬間に、私たちのそばに来てくれているような気がする。遠くに行ってしまった、遠いと思っているのは私たちの方だけかもしれない。

53　エマオの旅人

「なまえ」

作詞　永山伸一
作曲　コミネシゲオ

懐かしい名前で　呼ばれた気がする
振りかえれば　若い日のあなた
ありふれた名前だけど
あなたの声で呼ばれると
特別に響いたのはなぜ
空を泳ぐ鯉のぼり
風渡る麦畑
あなたと生きた　町の景色
よみがえる　幸せの風景

55　なまえ

あなたと　わたしと　仲間たち

懐かしい名前　思い出した
声に出して　そっと呼んでみた
ありふれた名前だけど
わたしの声で呼んでみた
名前にこころがしみてゆく
手のひらに残っている
あなたの記憶たち
あなたが確かに　生きたあかし
よみがえる　笑顔と　あなたの声
あなたと　わたしと　あの時代

（一二）掌《てのひら》の記憶

娘が中学生の頃だった。母の家に娘と遊びに行った。母は娘（母から見れば孫）の手を両の手で挟んで「あら、コトちゃん、きれいな手をして！」と慈しむようにさすっている。確かに家事をするわけでもなく、激しいスポーツをするわけでもない娘の指は色白できめ細かで、すらりと細く長い。そんな風に孫娘の手をさすりながら母は思い出話を始めた。

「おばあちゃんも若いころはね、きれいな手をしていたんだよ。小学生の頃にね、おばあちゃんのお母さんがね、おばあちゃんの手をこうやってさすってね、――久枝の手はきれいだな、かわいい手だな、―ってほめてくれたんだよ。その時のお母さんのあったかい大きな手のひら、今でもよーく覚えているんだよ。」

娘は手を引っ込めるわけにもゆかず、手を握られたまま「えへへ」と笑った。娘から見れば赤く大きく膨らんで、しわだらけでピカピカと光った母の手が、白魚のようにほっそりとしていた頃があったなんて想像もできないだろう。

七〇を過ぎた母の手の甲には祖母の掌の感触が残っているのだろう。孫の手を握りながら自分の母親の記憶を手繰り寄せている母の様子を見ていると、記憶は脳にあるというのはつまらない理解に思えてくる。祖母の記憶は母の手の皮膚細胞の中にずっと残っていたのではないか。

母は娘を――というよりは、自分の記憶を愛おしむように、いつまでも、いつまでも娘の手をさすっていた。

（一三）名前

私が生まれたころは、平凡な名前が多かった。私は「伸一」だが、周りを見回しても、「良二」や「敬」、「弘」に「順二」、女性も「陽子」、「真由美」等、定番と言ってよい名前ばかりだった。個性は名前に由来するのではなく、人に由来していた時代だった。

どこにもあるような名前だけれど、人によってさまざまな呼び方をした。伯母は私を「伸一」と呼び、年長の従兄は威勢よく「伸公！」と呼んだ。幼馴染は「伸ちゃん」と呼び、妻の親せきは「伸さん」と呼ぶ。子供のころ家の中では私は「お兄ちゃん」と呼ばれ、口が遅かった弟のシゲオは「オニイチャン」と発音できず「オータン」と呼んだ。五十を過ぎた今でも彼は私を「オータン」と呼んでいる。

私が小学校三年生のころだったか、母が私の国語の勉強を見ていた時だ。「花」という漢字がなかなか覚えられない私に、母は「これは私の名前だよ」と言って書いて見せた。草冠はカタカナの「サ」、人偏はカタカナの「イ」そして、ここにカタカナの「ヒ」がある。「ほら、ヒサイになるでしょう――。なるほどちゃんと花という漢字になった。母の名前は久枝というが、戸籍にはカタカナで「ヒサイ」と書かれていた。母はカタカナの名前が気に入らないらしく、なんとか自分を納得させたいとこんなことを思いついたのかもしれない。栃木県の東の端の烏山（現在の那須烏山市）という小さな町の生まれの祖父は生まれ故郷から外に出たことがなく、言葉もなまっていて、「い」と「え」の違いが分からなったから、本来「ヒサエ」と届けるところを「ヒサイ」と誤って届けたのだろうと母は恨みがましく説明していた（そんな母の不満を知っていたので、後年、私が家庭裁判所に氏名の変更の申し出をして現在の戸籍の母の名前は漢字に変更されている）。

東京から疎開してきた子の名前が「鞠子」という漢字の名前で、しかも「子」が付いていたのがかわいらしく、母はとてもうらやましかったそうだ。「しかも、その子は自分のことをワタシって呼んでいたんだよ」という。え?普通じゃない?「お母さんは子供のころ自分を何て呼んでいたの」という私の問いかけに、母は少し間をおいて恥ずかしそうに答えた。

「…オレ。」

（一四）東京日本橋

昭和七年生まれの父は見栄っ張りで、山っ気のある人だった。青山学院の英米文学科を卒業すると、いったん群馬県立高崎商業高校の英語教師となったが、田舎教師は嫌だと数年で教師を辞めて再び東京に戻った。華々しい都会でのビジネスに憧れ、日本橋の一等地のビルの二階に事務所を借りて「日本外事」という広告会社を立ち上げた。「鐘紡の隣のビルで、オンワード樫山の電話番号と似ていたので、よく間違え電話がかかってきたわ。うちにかかってくる電話は全然ないの」と母は自嘲気味に昔話をした。かの鐘紡の隣のビルにいたとはすごい、と母の話を聞いて私は驚いた。もちろん日本橋に事務所を持つほどの資金が父にあったはずもなく、当時、米穀商で成功していた伯父が支援してくれたものだった。

「お兄さんは私たちに清澄庭園近くの高橋《たかばし》に小さいけれど二階建ての家を建ててくれて、都電で日本橋まで通ったの。門前仲町で日本橋行きに乗り換えて三越前で降りて、日本橋を渡って、文明堂の前を通り過ぎて、間もなく事務所なの。」

母の頭の中の日本橋にはまだ都電が走り、ソフト帽をかぶった紳士たちが行き交っているようだ。

昭和二年生まれの伯父は「昭二」と言った。面倒見がよく、兄弟思いの伯父で、経済的余裕のなかった祖父母に代わって父を大学に進学させ、学費から、住まいまで面倒を見てくれた。

その昭二伯父が、東京で一旗あげたいと夢を語る父のために立派な事務所を借りてくれて、社員も一人雇ってくれたわけだ。母を虎の門タイピスト学園に通わせ、英文タイプを覚えさせた。丸善で米国スミスコロナ社製のタイプライターを買い、電話も引いてくれた。それで、父はどんな仕事をしていたのかというと、外国の新聞に日本の会社の英文広告を掲載するのを代行する仕事だったそうだ。英文科を出た父の思い付きのビジネスで、特に通信社に伝手があったわけでもなく、商社や輸出を目論む企業と関係があったわけでもない。したがって仕事の依頼は全く来なかった。母と斉藤さんという男性社員は日がな一日デスクに座り、鳴らない電話とにらめっこしていたようだ。日本橋に事務所を持ち、電話と英文タイプライターを設備した「日本外事」はあっという間に廃業に追い込まれた。

終戦から十年ほどが経ち、繁華街には電飾のクリスマスツリーが飾られ、浮かれたクリスマスソングが流れたりしていた。広告会社がだめなら、次はクリスマス・ビジネスだということで、昭二伯父がこの豆電球に目をつけ、今度はガラス吹きの職人さんつきで、電球工場を買収してくれた。父は再び「社長」になった。経験も知識もない父は電球の製造に直接手だしできなかったので、材料になるガラス管の仕入れや、経理、営業を担当したらしい。

ある日、仕入れたガラス管の束を抱えて都電に乗った。そこで「あれ、永山？」と声をかけられた。見れば大学時代の同級生が自分の席の前で吊革につかまり立っていた。スーツを着てネクタイを締め、上等の革鞄を提げていた。よれよれの菜っ葉服を着て、新聞紙でくるんだガラス管を股の間に大事そうに抱えた自分の姿がみじめに見えた。見栄っぱりの父の自尊心は細いガラス管のように砕け散った。そんなつまらない出来事で豆電球工場も一年ほどで廃業となる。さんざん金を使わせた伯父に合わせる顔もなく、三年で辞めてしまった群馬県の教師に戻るわけにもゆかず、転がり込んだ先は母の実家だった。

63　東京日本橋

（一五）トミおばさん

私は父の失業中に、栃木県烏山町（現那須烏山市）の母の生家で生まれた。竜門の滝という小さな滝がすぐそばにあり、夜、布団に入ると、雨戸を立てていても「ドー」と水の落ちる重たい音がすぐ枕もとに聞こえた。

母は一男五女の六人兄弟の末っ子だった。長男が一八で海軍に志願し、終戦の数日前に津軽海峡で戦死すると、祖母は、石巻の日赤で看護婦をしていた三番目の娘である伯母のトミを呼び戻した。そしてこのトミおばさんが婿取りをして家督を継いでいた。トミおばさん夫婦にはタカオ、ヒデオ、フミヨという三人の子供がいた。

そこに失業した父が、身重の母と一緒に転がり込んだ。伯母たちは迷惑がりもせず、父と母を歓迎した。結婚するまで野良仕事に出る伯母の代わりにその二人の息子と娘の面倒を見ていたのは、外ならぬ私の母だったので、子守がまた帰ってきたという程度の気安さだったのかもしれない。なかなか名前が思いつかない父に代わって、「背が伸びるように」と私に「伸一」という名前を付けてくれたのもこのトミおばさんだった（私の身長は中学生の頃に止まってしまい、おばさんの願いもむなしく私は従兄弟たちの中でも一番小柄である)。父が栃木県立佐野高等学校の英語科の教諭の職を得るまでの約二年間、私たち親子はこの伯母の家でやっかいになった。

もちろん私は当時のことは何一つ覚えていない。しかし、この家が私にとって、単に母の生家という以上に親しみ深く、ここに帰ると気持ちが落ち着く。それは、伯父や伯母、そして従兄弟たちに大事にされた記憶が、私の中のどこかに残っているせいかもしれない。

そのトミおばさんも八年ほど前に八八歳で亡くなった。

介護施設に入所した伯母を母と見舞った時のことだ。ベッドに横になった伯母は「伸一かい」と私を慈しむような眼で見上げると、手を伸ばした。そして私の禿げあがった頭を撫でた。「伸一は、ほんとにかわいかったな、かわいかったな」と何度も何度も私の頭を撫でた。五六歳の私の禿げ頭を撫でたのは、後にも先にもこのトミおばさんだけだ。

「かならずおかえり」

作詞　永山伸一
作曲　コミネシゲオ

朝もやにかすむホーム　たたずむあなたの影
見つめるその瞳の中に　わたしは映っているの
いさかいや　すれ違い　思い違い　夢の違い
疲れた心抱えたままで　あなたを行かせたくなかった
いつか時が経ち　霧が晴れたなら
かならず帰っておいで
ここでずっと待っている

夕暮れに消えた影　思い出す後ろ姿
重いスーツケースの中に　何が詰まっていたの
迷い道　暗い道　まわり道　見えない夢
邪魔するつもりはなかった　辛い背中見たくなかった
いつか時が経ち　風が吹いたなら
かならず帰っておいで
ここでずっと待っている

（一六）丸木橋の上の決闘

以前、市内の中学校の卒業式に招かれた時の話である。卒業式の式典が終わると、卒業生の保護者代表の謝辞がある。和服を着たお母さんがマイクの前に立った。緊張した面持ちで用意した原稿を読み始めた。

「――思春期の息子との毎日は、例えるならば谷川にかかる丸木橋の上での決闘でした。向こう側に行こうとする息子と、止めようとする私。『そっちに行っちゃだめ！　こっちに戻って！』と丸木橋の上で息子と取っ組み合います。息子を止められるか、私が息子に突き落とされるか、それとも二人一緒に谷底に落ちてしまうか、という本当に緊張の毎日でした。でも、今日、無事に息子は中学校を卒業できました。今まで私たちを見守り、支えてくださった、先生方、お友達の皆さま、ありがとうございました。」

最後は涙声の挨拶だった。

最愛の息子と対峙する母親の不安と葛藤がにじみ出る挨拶だった。憎む相手との戦いは戦えても、愛する者との戦いには、さぞ心がすり減ったことだろう。良かれと思うからこそ自分も見失い、心ならず愛するものを傷つけてしまう。愛するとは、そもそもそういうことなのだろう。真剣であっても、好きでも、かわいくても、親子でも、家族でも、互いを百パーセント理解することはできるはずもなく、隔てる壁の悲しみはだれの間にもある。

（一七）アニメーター

「学校の教師を辞めてアニメーターになる」と息子が言い出した。父も県立高校の教師であったし、弟のシゲオも県立高校の教師である。私たち家族にとっては「教師」は最も身近な職業であった。「県立高校の教師」という言葉はそれだけで私に安心感を与えた。だから息子が県立高校に職を得た時には正直のところほっとした。本人は満足していないであろうと当然わかっていたが、いずれ慣れれば、面白い部分も見つかるはずだと考えた。

私自身は教師になるのがいやで、両親に散々心配をかけて別の職業に就いた。しかし、自分の息子の事になると、彼の夢や希望よりも、私が興味を持ったのは、安定した給与、定期的な昇給に共済組合の年金や保険だった。母も父の年金のおかげでつましくも穏やかな生活を送っている。遠い将来、息子も老後という時代を迎える時のことまで考えた。

子どもたちが小さなころは、「自分の納得できることをやろう」と夢の実現のためには少々の犠牲を恐れてはならないというような威勢の良いことを子どもたちに教えた。妻にも、「現代では子どもは三十歳くらいまで面倒を見るくらいの覚悟を親はしておかなければならない」と豪語した。

奇しくも、私の言ったことをすべて息子は実行した。覚悟が足りなかったのは父親の私のほうであった。鬱々とした教師生活も息子は息子なりにしっかり勤めたと思う。気の回る性質ではないが、生徒さんたちとも、職員の先生方とも誠実に接していたようだ。決して学校が嫌だったわけではなさそうだ。しかし、そこには彼の夢だけが足りなかった。彼は、私に反発することもなく、自分の夢を見定め、着々と夢に至る道を模索していたのだろう。

その翌年、息子は宣言通り教師を辞めた。二年間の専門学校の過程を修め、東京のアニメーション会社に職を得た息子は、少ない荷物をスーツケースとリュックサックに詰め込んで、上り列車に乗った。見送る私に、はにかむように微笑み、小さく手を振った。安月給に狭いアパート。快適な暮らしはいつになったらできるだろう。そんな不安を感じているのかいないのか、車窓の向こうの息子の表情は明るかった。

「パパの車」

作詞　永山伸一
作曲　コミネシゲオ

パパの車に乗って出かけよう
声を張り上げて歌った歌
恥ずかしくなんかないだろう
ハンドルにぎるパパは笑ってた
三角窓が巻き込む風
どこまでも広がる麦畑
ベンチシート　コラムシフト
大好きだったパパの車
いまも思い出す風の匂い
湖に続く田舎道
いまも思い出す風の匂い

湖に続く田舎道

どしゃ降りの雨だって気にしない
家までの道も長くない
口笛吹きながら帰れるさ
屋根打つ雨音も歌ってる
カーラジオから流れる曲
街の灯り　にじんで光ってる
ハンドル回し　アクセル踏んで
窓に流れてゆく水の玉
いまも思い出す雨の匂い
いつまでも忘れないパパの車
いまも思い出す雨の匂い
いつまでも忘れないパパの車

（一八）マイカー

わが家にマイカーがやってきたのは昭和四四年（一九六九年）だった。私は小学校五年生になっていた。大阪万博の前年で、消費文化も庶民に随分浸透してきて、わが家のマイカー購入は決して早い方ではなかった。父は折からのマイカーブームで車が欲しくてたまらず、もう何年も前から自動車教習所に通っていたのを私たち子どもも知っていた。生来機械を操るのは得意でない父は、自動車教習所の教官と何度も喧嘩をしながら、やっとの思いで運転免許証を手に入れた。

父が四十万円で手に入れたのは、二年落ちの昭和四二年型トヨペット・コロナの中古車だった。当時流行の白いボディーにくさび型のフロントビューが新鮮な印象の車だった。給油口が後ろのナンバープレートの下に隠れていたり、方向指示器のスイッチがハンドルの内側の一回り小さな銀色の半円形のリングをスライドさせる仕組みだったり、ハイビームとロービームの切り替えがクラッチ横のボタンを足で踏んで切り替える方式だったり、ラジオのスイッチを入れると、車外のロッドアンテナがボンと跳ね上がったり、自動車という空間には、まるで忍者屋敷のような様々な「仕掛け」が隠されていた。手元の操作ひとつで車外のライトが灯ったり、クラクションが鳴ったり、密閉された室内から外界を操れることが愉快だった。そんな仕掛けや仕組みを見ているのが楽しく、父の運転の様子を観察できる助手席は私たち兄弟の特等席で、弟といつも席を奪い合った。

私たち家族は、この車に乗って、海にも行ったし、烏山の母の生家や父の生家に遊びに行った。それまでの汽車や電車の旅も楽しかったが、家族専用の空間が占有できて、しかも、その間に移動もできるというのは、たいそう贅沢に思えた。

夏は三角窓を起こして、窓を全開にして走った。台風のような風が室内に渦まき、夏の暑さを忘れさせた。家族だけなので、周囲への気遣いもいらず、私たちは大声で歌を歌った。当時はやった歌謡曲やビールのコマーシャルソングなど、とにかく元気な歌を選んで声を張り上げた。「そんなに大きな声で」と母は言ったが、父は「なあに、だれに聞こえるわけじゃない、恥ずかしがらずにどんどん歌え」と上機嫌であった。

雨の夜に車に乗るのも好きだった。冷たい雨が降っても、ワイパーが片っ端から雨粒を弾き飛ばし、ヒーターがきいた車内は暖かい。曇ったサイドウィンドウを袖で拭って外を見ると、信号機や町の灯が雨ににじんで、パレットの上の絵の具のように交じり合う。傘を差したコート姿の大人たちが寒そうにバス停に並んでいる。カーラジオのチューナーがぼんやりと光り、元気の良いコマーシャルソングが流れる。小林一茶の「づぶ濡れの大名を見る炬燵かな」のような気分で私は雨の街を眺めていた。

父のコロナは、小学生の私と弟にとっては、世界一いかしたデザインの車だったし、ローンレンジャーが駆るシルバーや、白馬童子の乗る白馬のように、行きたいところにいつでも連れて行ってくれる憧れの名馬であったし、夏の暑さや雨の冷たさから鉄のボディで守ってくれる頑丈で心地よいシェルターでもあった。

その後、父は車を何台か乗り換えた。しかし、私と弟が今でも「父の車」として思い出すのは、やはりこの白いトヨペット・コロナなのだ。

77　マイカー

（一九）Ｍさん

母はよく、わが家は貧乏なのだ、と言っていたが、私たち兄弟は本気にしていなかった。父が小山市に六十坪ほどの地所を求め、そこに小さな二階建ての家を建てたのが昭和四十三年だった。ヒノキの匂いがする二階建ての新築住宅に住み、弟と共用の四畳半の子供部屋もあった。翌年には、自家用車も手に入れたわが家はお金持ちに違いないと私と弟は信じて疑わなかった。

そんなある日、お隣に家が建った。広い芝生の庭にモダンな大きな二階建ての家。ダイニングとキッチンの間には作り付けのカウンターがあり、各部屋にルームクーラーが付いていた。そして何より庭にプールがあった。幅七メートル長さ一五メートル。学校のプールの四分の一ほどの大きさだったが、プールのある家の出現は私にはカルチャーショックであった。アメリカのホームドラマで庭にプールがある家は見たことがあったが、それはあくまでテレビを通して見る、遠い外国の話だった。それが、日本で、しかもわが家の真ん前にそれが出現するとは夢にも思わなかった。

横浜から越してきたというMさん一家は、自動車の部品会社の重役だという。紳士を絵にしたようなMさんと、気さくで優しい奥さん、そして二人の男の子というこれまたアメリカのホームドラマから抜け出たような家族だった。長男は私よりも一級下で、次男はシゲオと同級生だった。横浜から来た兄弟は巨大なサンダーバードの基地の模型やラジコンボートを持っていた。なまりのない言葉で活舌よくしゃべり、最後に「じゃん」をつけた。

Mさんは水色のメタリックのプリンス・グロリアに乗っていた。明らかに父の白いコロナよりも大きな車だったし、外観も内装も豪華だった。

この日から私たち兄弟の世の中の見方が変わった。お金持ちかそうでないかの基準や、都会の人と田舎者の基準、かっこいい家族の基準、幸福度、すべてMさん一家を基準点として「Mさん以上か、Mさん以下か」で判断した。もちろん、それまで日本一と思っていたわが家のレベルはMさん基準に遠く及ばなかった。

（二〇）霞ケ浦

父が大きな紙の束を持って、Mさんの家から帰ってきた。茶の間兼寝室だった八畳間で、家族が見守る中、父がつづれ折りになった図面を開いた。舟の絵と英語がぎっしりと書いてあった。

聞けば、趣味人のお隣のMさんがハウスボートを自力で作るのだそうだ。日本にはないのでアメリカから設計図を取り寄せた。しかし、当然に図面の説明はすべて英語で読めない。高校の英語教師の父は、図面を読むのを手伝ってくれませんか、と頼まれたのだという。「専門用語がよくわからない」と父は少々尻込みしたが、「そこは一緒に調べながらやりましょう」というMさんの優しい一言で引き受けてきたらしい。

それから毎日、父は学校から帰るとMさんの家に行き、ハウスボートの建造を手伝うようになった。ついでにMさんの子どもたちと私たち兄弟が乗れるようにと、〝オプティミスト・ディンギー〟という七フィートほどの子供用のヨットも作り始めた。まるでたらいのような小さな舟だったが、セール（帆）やラダー（舵）、センターボードなど、ヨットに必要な装備はすべて揃っていた。

カーポートをビニールシートで覆った簡易「造船所」にMさんはいろいろな道具を持っていた。電動のこぎり、電気ドリル、チャックドライバー。子供の私たちはその道具だけでも目を丸くした。Mさんと父は木屑だらけのジャンパーを着こみ、石油ストーブで暖をとりながら舟を作った。私たち兄弟はしばしばそれを見に行った。板や角材が徐々に舟の形に組み立てられてゆくのを見るのは楽しかった。合板が無垢材より強いこと。木ネジは腐食しやすい鉄ではなくアカ（銅）を使うこと、ダボをビス穴に打ち込み木ネジの頭を隠す方法、ハル（船体）の防水仕上げにガラス繊維のネットを樹脂で貼りつけ、水サンダー（水に浸した紙やすりでのやすり掛け）で滑らかにする方法、全部この「造船所」で覚えた。

「マストは丸いけど、丸太じゃないんだよ。曲がらないように集成材にするんだよ。」父はMさんから受け売りの理屈をわかりやすくかみ砕き、私たちに教えてくれた。角材を三枚貼り合わせた四角い柱を、はじめは八角形に、次は十六角形、そして三十二角形とかんな掛けをしてゆき、最後は板ガラスを割った破片で角を取り、丸いマストに仕上げる。私たち兄弟もガラス片でマストを仕上げたり、水サンダーで船体を仕上げたりするのを手伝った。立派なオプティミスト・ディンギーが仕上がった。一方、ドアや窓、キッチンやシャワーやトイレが付くハウスボートの方はさすがに素人の手に負えなかったらしく、ハル（船体）は完成したものの、上に設置するハウス部分（キャビン部分）は大工さんに頼んだらしい。

見事に仕上がった舟は霞ヶ浦に浮かべられた。栃木県には海も大きな湖もない。当時、居住空間を持つような大きなボートを係留する桟橋や、小型ヨットを下ろすスロープを設備しているところで、最も近かったのが隣の茨城県にある霞ケ浦の京成マリーナだった。Mさん一家と待ち合わせ、毎週日曜日に通った霞ヶ浦までの六〇キロの道は、私たち親子の楽しい思い出である。

もちろん、父が運転していたのは白いトヨペット・コロナだった。

83　霞ヶ浦

「I《アイ》 love《ラブ》 you《ユー》」

作詞　永山伸一
作曲　コミネシゲオ

I love you　あなたがいるだけで
I love you　理由《わけ》なんていらない
I love you　平凡な毎日だけど
あなたにかける言葉　I love you
おはよう、お帰り、おやすみ
全ての言葉が　I love you
ともに生きて　ともに笑い
ともに泣いた　あなただから
いつまでも　そっと　見つめていたい

85　I love you

I love you　I love you　I love you

I love you　自分より大事な
I love you　あなたがいる幸せ
I love you　かぎりある人生だから
今日まで　明日からも　I love you
大丈夫　心配してるよ　元気出して
全ての言葉に　I love you
ともに生きて　ともに笑い
ともに泣いた　あなたとだったら
こんな日が　ずっと　続いてほしい
I love you　I love you　I love you

（二一）I love you

カリフォルニアに親友がいる。私が二〇歳のころに出会い、以来四〇年以上親しくしており、子どもたちが小さい頃は、しばしば家族を連れて彼の家を訪れた。

ある日、学校に出かけた彼の子どもたちが「I'm home」と帰ってきた。この表現は私も知っている。しかしこれに母親が答えた言葉は「I love you」だった。これが映画で、日本語字幕が付けば、おそらく「ただいま」と帰った子どもたちに母親が「お帰り」と答えたことになるのだろう。どうも英語では「I'm home」に対応する決まった表現はないようだ。単に「Hi」と返す場合もあるが、彼女は度々「I love you」を使った。同じように朝、学校に飛び出して行く彼らの後ろ姿に向かっても、彼女はしばしば「I love you」を使った。これはどういうことだ。字幕なら「行ってらっしゃい」か「気を付けて」とでもなるのか。

「I love you」は日本語に訳せば「私はあなたを愛している」だが、アメリカ人が多用している「I love you」には、どうもそんな宣言めいたニュアンスは感じられない。ことによると心の振り子がぐっと相手をいとしいと思う気持ちに振れた時、心からいとしさが流れだした時、その気持ちの動きを表す表現が「I love you」なのではあるまいか。そう考えると、彼らが多用する「I love you」がとても親しみやすく軽快な表現に思えてくるし、この表現の頻出も腑に落ちる。

であるなら、私たちが日本語で大切な人にかける「おかえり」や「行ってらっしゃい」、「気を付けてね」、「大丈夫」なども「I love you」と英訳しても許されるかもしれない。私たちが愛する者を見送る時、迎えるとき、いたわる時、その時々にかける言葉に乗せて私たちの愛が彼らの心に向かって流れてゆくのだから。

「川にしずむ橋」

作詞　永山伸一
作曲　コミネシゲオ

腹ばいでのぞきこめば　青空が映っていた
涼やかな風が渡り　水面がキラキラ光る
二人並んで夜明けから　もう何時間経ったのだろう
流れ行く水音だけが　響いてた夏の朝
雨降れば川にしずむ橋　夏休み魚釣り
今でも聞こえるようさ　はしゃいでる　きみの声
水の流れ時の流れ　行く先は知らなくても
もう一度　会わないか　ふるさとの空の下

あおむけに寝ころんででたら　きみの顔を思い出した
都会でもこんな風が　吹くことがあったんだね
自転車ででこぼこの道　見えてくる光る川
流れ去った時の向こう　鮮やかによみがえる記憶
雨降れば川にしずむ橋　夏休み魚釣
今もまだあるだろうか　雨降れば川にしずむ橋
水の流れ時の流れ　行く先は知らなくても
帰ってみないか今年こそは　ふるさとの夏の空

（二二）沈下橋《ちんかばし》

私たちが住んでいた小山市を流れる思川は割合大きな川で、南に向かって流れ、渡良瀬川と合流して利根川に流れ込む。私が子供時代を過ごした昭和四〇年代は栃木市に向かう街道につながる観晃橋という車が行きかう橋があったが、その上流、下流にはしばらく大きな橋はなく、いわゆる沈下橋が何本か掛かっていた。車が渡れるには渡れるが、もちろんすれ違うほどの幅員はない。橋脚も低く増水すると水を被ることもある。水圧に耐えるためなのか、この種の橋には欄干がついていなかった。

欄干がなく、橋脚が低く、水面が近いので、私たち小学生には格好の釣り場であった。橋に腰を下ろして足をぶらぶらさせ、釣り糸を垂れた。フナやハヤが釣れた。

夏休みや日曜日の早朝にシゲオとこの橋に釣りに行った。幹線道路からそれると埃っぽい砂利道で、自転車のハンドルがとられた。夏の太陽は私たちの影をくっきりと白っぽい地面に落とした。

91　沈下橋

（二三）阿字ヶ浦《あじがうら》の民宿

子供の頃、毎年、阿字ヶ浦に海水浴に出かけた。高校教員だった父は、今の学校の先生方と違い、夏休みの間の約四十日をまるまる「休み」として使っていた。金はなかったが時間は有り余っていたようだ。そこで父は毎年の海水浴も一週間から十日の予定を立てた。水戸市で中学の教師をしていた父の大学の友人の情報で、那珂湊で漁師をしていたOさんという家が民宿もやっていて、安く泊めてくれるよ――ということで、毎年この家に厄介になることになった。昭和四〇年、まだわが家には車がなかった。そこで父は布団やら鍋釜やらを自転車の荷台にくくりつけ、駅まで運び、チッキ（鉄道小荷物）で那珂湊駅留めで送った。「民宿」と言っても、現代の旅館と変わらぬサービスを提供する民宿と異なり、寝具とごはんは持参のこと、という約束だったらしい。私たち家族は後日、国鉄佐野駅から両毛線に乗り、小山駅で水戸線に乗り換え、勝田駅で湊鉄道に乗り換えて阿字ヶ浦駅まで行く、という具合だった。駅留めとなっている荷物の方は、私たちが到着してから、Oさんが買ったばかりのマツダファミリアに父を乗せて那珂湊駅まで取りに行く、今思い出すと、何とも骨の折れるプランだった。

でも、ここまでやってしまえば、翌朝からは別世界の生活が待っていた。朝は波が寄せる音で目覚め、浮袋を抱えて、ゴム草履で海岸まで歩いてゆく。途中、豚舎の前を通るときは鼻を抑えて駆け抜けた。まだ誰もいない早朝の砂浜で波をかぶったり、砂山をこさえたり、ヤドカリを追いかけたり、何も考えず遊んだ。真夏の朝の潮風を胸いっぱい吸い込み、波の間から漁船が現れたり見えなくなったりするのを飽きず眺めた。海は遠くに広がっているというより、目の前に巨大な壁のようにそびえたっていた。何という貝だったのだろう、昼に帰ると、Oさんが磯でとったタニシほどの大きさの巻貝をバケツ一杯茹でてくれた。海水で茹でたのか、塩味が効いていて、待ち針で貝殻からくるりと外して熱いうちに口に放り込むのが絶品だった。砂地でできたスイカやトウモロコシもめっぽう甘かった。そして夕食、カツオ漁師のOさんが獲ってきたカツオの刺身が大皿に盛られる。腹の皮が金属のように銀色に輝き、この皮をかみ切るさっくりとした歯触りは子どもの私も病みつきになった。そして夜、また波の音を聞きながら布団に潜り込む。初日は日焼けした背中がひりひりと痛んだが、遊び疲れた私たちはあっという間に眠りに落ちた。

（二四）フミコちゃんとケイコちゃん

小学生のころ毎年泊まった阿字ヶ浦のOさんの民宿にはフミコちゃんとケイコちゃんという中学生の姉妹がいた。女兄弟ののいない私とシゲオはこの姉妹がとても好きだった。一緒に海に行こうとさかんに誘ったが、さすがに一年中海辺で暮らす彼女たちには海は珍しいはずもなく、ぐずぐずしているうちに、母が「こら、おねえちゃんたちを困らせない！」と割って入ってきた。それでも、妹のケイコちゃんは何度か一緒に遊んでくれたが、姉のフミコちゃんはついに一度も応じてくれなかった。いつもニコニコと愛想のよい長身のケイコちゃんに対して姉のフミコちゃんはあまり笑うこともなく口数も少なかった。私とシゲオにとっては、なぜかこのフミコちゃんがクールな美人で憧れだった。

そんなフミコちゃんとケイコちゃんと一緒に撮った写真が一枚だけあった。私とシゲオが並んで立ち、その後ろにフミコちゃんとケイコちゃんが立つ。フミコちゃんはシゲオの肩に、ケイコちゃんは私の肩に両手を置いている。夏の風が吹いている。オニユリのオレンジ色の花が咲いている。ケイコちゃんはいつものように口角を上げて笑い、フミコちゃんは無表情で横目で何かを見ている。私とシゲオは満足そうな笑顔だ。この写真は私もとてもほしい一枚だったが、結局シゲオのアルバムに収まった。後年シゲオの結婚披露宴で子どもの頃の思い出の一コマとしてこの写真がプロジェクターで映し出されたが、その後行方不明になってしまった。「どこかにあるはずなんだけど…」とシゲオは今も悔しそうである。

「宝島」

作詞　永山伸一
作曲　コミネシゲオ

教室を　ひとり飛び出して
重たいカバンを　ほうりだして
誰もいない　部屋のかたすみ
かき上げた　秘密の島の地図
今でもこころのポケットに折りたたんで　しまってある
いつかたどり着く　行ってみせるさ
何度も夢見た遠い島
つらい毎日も　不安な長い夜も
入道雲の向こうは秋の空
こころに翼　約束の虹

97　宝島

秘密の地図の夢の島

卒業式のからっぽの教室に
かくした舟の設計図
いつか作って海に乗り出そう
仲間をさそって　でかけよう
いつでもこころのポケットに折りたたんで　しまってある
風をつかんで波をのりこえ
どこまでも走る夢の舟
疲れたからだもこころの傷も
デッキに立って洗い流そう
セールをあげて　旅立ちの朝
小さな舟の設計図

（二五）設計図

中学時代、仲の良い友達がいて、いつも三人で遊んでいた。いよいよ三年生になり、それぞれの進路が決まり別々の高校を目指した。なんとなくセンチメンタルな気持ちも手伝って、大人になっても必ず会おう、その時は何か大きな夢をかなえようということになった。三人で舟を作り航海に出よう、堀江謙一が太平洋を単独横断したマーメイド号くらいの舟ならば、大人になれば作れるだろうと考えた。

そこで模造紙大の大きな方眼紙に二〇フィート弱のキャビン付きのヨットの絵を私が描き上げ、伸一、タカシ、ヒロシとサインした。私たちの教室は「新館」と呼ばれる鉄筋コンクリート造の三階建ての校舎にあって、他の木造校舎や木造の管理棟はいざ知らず、この新館は私たちが大人になるまで取り壊されることはあるまいと予測した。大人になったら必ず図面を取りにこようという約束で、教室の後ろにある黒板の隙間に突っ込んだ。壁に作りつけられた黒板の枠の上部に五ミリほどの隙間があることを私たちは清掃中に発見していた。大きな図面をノートくらいの大きさに折りたたんで、手探りで隙間を探し、押し込んだ。ストンと図面が黒板の裏側に落ちる音が響いた。他の誰も知らない秘密を共有しているという事実が、ある種の儀式を済ませたようで、私たち三人を満足させた。

あれから五〇年近くが経ったが、私たち三人はこの図面のことはだれも忘れていない。しかしこの図面を隠した教室は、私たちの予測に反して、私たちの帰還をを待たず、木造校舎と一緒に取り壊され、屋上にプールを備えた大そう立派な校舎に立て替えられた。

「SIBLINGS《シブリング》」

作詞　永山伸一
作曲　コミネシゲオ

湖に寄せる波の　彼方に
見える　幼いあなた
おどけ上手　うぬぼれ屋
だけど少し　寂しがりや
辛いこと　たくさんあったよね
気づいていたけど　見ないふりしていた
好き嫌いじゃない　偶然でもない
同じ記憶　分け合ってきた
晴れた日も雨の日も

さざなみ光る　渚の町で

絵がうまいねって　人気者
華奢な指先　赤い絵の具箱
末っ子の　甘えんぼ　泣き虫　三日坊主
いつの間に　そんなに強くなったの
つらい涙も　笑顔に隠してる
好き嫌いじゃない　偶然でもない
同じ記憶分け合ってきた
夏の日も冬の日も
今はもう遠い　故郷の町で

（二六）転校生

昭和四三年、私たち一家は、栃木県佐野市から小山市に引っ越した。小山は東北本線と両毛線、水戸線、真岡線（現在の真岡鐵道は下館駅始発だが、当時の真岡線は小山発だった）が交叉する交通の要衝である。「こどもたちが大学に入る時、小山なら東北本線で通学ができる」という父の主張で小山に土地を求めたらしい。もちろん小学校四年生の私には何のことやら皆目分からなかった。父は盛んに「孟母三遷」を唱えていたが、これも家族にはなんのことやらさっぱり理解されなかった。私の記憶は母が「お父さんは趣味が引っ越しだから」と嘆いていたことだけが印象に残っている。小山に越してきて、小山第二小学校の、私は四年生に、シゲオは新一年生となった。

この転校は、佐野の小学校でたちの悪いクラスメイトに意地悪をされていた私には新天地への旅立ちで、すべての負の記憶をリセットする楽しい引っ越しであった。

引っ越しの初日は家族で思川の土手につくしを取りに行った。父が茹でておひたしにするとうまいのだ、と言ってみんなで籠を持って出かけたのだが、かご一杯取れたつくしを食べた記憶がない。察するに、父も母もたくさんとれたつくしの調理方法がよくわからずに、摘まれたつくしたちは食卓まで辿り着かなかったのではないか。

二階の四畳半の畳の部屋が子供部屋として私とシゲオにあてがわれた。周りにまだ家も少なく、日当たりは抜群であった。畳に寝転がると、畳が日光に温められて乾草のようないい匂いがした。

（二七）父兄

シゲオが小学校二年生の時だったと思う。母が出かけていて、私たち兄弟は留守番をしていた。シゲオはクラスの担任の先生にも信頼の厚い優等生で、学級委員長をしていた。その日もシゲオは学習デスクに姿勢よく座り、宿題の漢字練習をしていた。几帳面な字で埋め尽くされたノートを持って、少し困り顔をした。尋ねると、宿題の最後に父兄（当時は保護者を学校ではまだ「父兄」と呼んでいた）のサインがいるのだという。「見ました　永山」と母に書いてもらわないといけないのだという。私ははたと思い付き、「書いてあげるよ」とノートを取り上げた。「お母さんでないとだめだよ」と言うシゲオを制して私は言った。「父兄」という字を見てごらん、本来は父が署名すべきであるが、兄でも良いのだと。シゲオはしばらく考えていたが、納得したらしく、「それじゃ書いて」とペンとインク瓶を持ってきた。「お母さんはいつもこれで書いている」のだそうだ。私はペン先をボトルに突っ込み、たっぷりとインクを付け、なるべく大人っぽい字で書きあげた――

「見ました。永山」

弟の「父兄」として立派な仕事をしたと、我ながら誇らしい気分であった。

翌日シゲオは件のノートを持って子供部屋に入ってきた。

「ダメだって、先生が。」

見ると私のヘロヘロとした頼りない文字の横に、「自分で書いてはいけません。お父さんかお母さんに書いてもらいましょう」と担任のグンジ先生のくっきりと美しい赤ペンの文字が並んでいた。

（二八）妹

私が中学校にあがる春休みに妹のトモコが生まれた。私とは一二歳違いである。私の入学式は母が産後間もないというので、母の姪のヨーコちゃんが保護者として出席してくれた。男二人兄弟のところに一〇年ぶりに生まれた女の子である。父と母はさぞうれしかったと思うが、兄である私もシゲオもトモコをとてもかわいがった。まさに一家のアイドルであったし、宝物だった。それに小さなトモコを迎え、私もシゲオも急に大人になった気分だった。

中学一年の私と、小学校四年生のシゲオは競ってトモコの面倒を見たがった。そうはいっても自分の意識は別として、私たちもまだ子供である。大したことができるわけではない。買ってもらったばかりのサイクリング車に乗って薬局に粉ミルクを買いに行ったり、少し横を向かせて、哺乳瓶でミルクを飲ませたりした。

中学三年生の時に買ってもらった一眼レフカメラの被写体は九割がたトモコであった。中学や高校の授業参観や三者面談に母がトモコを連れてくると、クラスメイトは「カワイイ」とトモコを取り囲んだ。私はたいそう誇らしい気分になった。

高校一年生の時だったか、学校に着き、コートを脱ぐと、何やらポケットが膨らんでいる。手を突っ込み探ってみると、毛糸のかぎ針編みの靴下だった。前日私が脱ぎっぱなしにしたコートのポケットにトモコが自分の靴下を突っ込んだらしい。白いぼんぼりのついた毛糸の靴下は手のひらにふんわりとやわらかかった。

（二九）Happy《ハッピー》 Siblings《シブリングス》 Day《デイ》

アメリカの友人のフェイスブックを見ていたら「Happy Siblings Day」とあった。Siblings Day とはなんだ、と辞書で調べてみれば、「Sibling」は「きょうだい」という意味で、男兄弟にも、姉妹にも使える名詞とある。さらにネットで探ってみれば「きょうだいの日」は毎年四月一〇日にアメリカやカナダで祝うらしい。これを祝うようになったのは最近のことらしく、五月の母の日や、六月の父の日に比べると最も後発となる。アメリカの多くの友人のフェイスブックには幼少期に兄弟で撮った写真が貼りつけられ、ノスタルジックで微笑ましい。

母の日や父の日、家族で祝うクリスマスやにぎやかな感謝祭。ほかの国の事情については、私はよく知らないが、少なくとも友人との付き合いで垣間見たアメリカは家族という単位を上手に楽しむ国だな、とうらやましく思っていた。それだけでなく、Siblings Day もあるんだ…、本当にうまいな、と感心する。

日本人流に言えば「縁あって」家族となった人間同士、その関係を楽しく過ごそうよという積極的な働きかけがうまいのがアメリカ国民か。それに比べると、日本の家族も、日本の社会も、せっかくの縁の楽しみ方が下手な気がする。

それは反りが合わない家族もあるだろうし、利害が対立したり、感情がぶつかり合う場合もある。それでも家族がつながる理由は何だろう。血のつながり？　相互扶助義務？生活のため？　経済的だから？

私はその理由は「共通の記憶」であると思う。どこの家庭にも、家族にとって印象深いエピソード、ささやかなドラマのある品物、共通の記憶に残る人物や場所があると思う。

わが家であれば、家族で毎年夏休みに行った阿字ヶ浦海岸の民宿。父と私とシゲオで日曜のたびに行った霞ヶ浦。運転の下手な父の危なっかしいドライブ。シゲオが初めて買ったギター。私が初めて買ったカメラ。それらをきっかけに話は尽きないし、同じ話が繰り返し出てきても色あせることはない。

他人にはちっとも面白くない、他愛もない物語だが、同じ時間と空間を生きた私たちをつなぎ合わせる大切な「記憶」という糸である。

（三〇）値切る小学生

小学五年生が楽器店に入ってきた。ひとしきり店内を見て回ると、店内で二番目に安いギターを指さして見せてくれという。店主が壁に掛けてあったギターを下ろし、手渡すと小学生は言う。

「このギター、一万円だけど、千円負けてくれない？」

店主は初め、値引きはできないと断ったが、小学生はなかなかしぶとい。結局、根負けして九千円でこのギターは小学生のものとなり、更にピックを一枚おまけに付けるということで決着した。店主はほっとしたが、数日後この小学生がまた店にやってきた。今度は二人連れである。友達がギターを買うので付き添いだという。今度は九千円の白いギターを八五〇〇円で買っていった。同じ商店街のカメラ店でもリコー・オートハーフを値切って買っていった小学生がいた。長崎屋の電気売り場で、ソニーのラジオやナショナルの扇風機を値切って買っていく小学生が現れた。全て小学生の頃のコミネシゲオであった。

シゲオは子供のころからどこに行っても値段交渉をした。どこで覚えたのかは知らないが、そうすることが大人の買い物だと思っていたらしく、小学校五年生にもなれば十分大人であるとも思っていたらしい。お金をしっかりため込むタイプで、お年玉や毎月の小遣いをしっかりため込み、何万円ものお金を持っていた。

私が中学二年生の時に、友達がアサヒペンタックスのＳＰブラックペイントを持っていた。これを見ると、私は一眼レフカメラが欲しくてたまらなくなった。当時三万円ほどの高級品であった。私が持っていた貯金は一万二～三千円ほどだった。その時「貸してあげようか」と小学生のシゲオが一万円札を二枚、机の引き出しの奥から引っ張り出した。手元のお金とシゲオから借りたお金を合わせた三万二千円で、私は当時としては高級な、Ｆ一・七レンズ付きのミノルタＳＲＴ－１０１という一眼レフを手に入れた。シゲオも残りの小遣いでカメラを買ったが、彼自身が買ったのはミノルタＰＳというポケットカメラだった。価格は六千円ほどの安物であった。私はシゲオに悪いことをしたような気がしたが、シゲオは満足そうにこのポケットカメラを持ち歩き、友達の写真などを撮っていた。距離計も露出計もない、シャッタースピードも一二五分の一秒と六〇分の一秒の二速しかない簡易なカメラなので、シゲオの撮った写真はいつもピンボケをしていた。一方私は、高級一眼レフをぶら下げ、シャープにピントの決まった写真を撮りまくった。しかし、フィルムや現像のために小遣いを使い果たしてしまった私は、ついにシゲオにこの二万円を返せなかった。シゲオは別段それを気にする様子もなかった。

就職も結婚もシゲオは私より何年も早かった。シゲオが県立養護学校の教諭となった時、私は国家試験の受験勉強中で、無職だった。学生時代に二十万円で買った中古車のスバルレオーネは業者に騙されたらしく、買って二年ほどで動かなくなってしまい、移動手段に困っていた。当然車を買う金などあろうはずもない。

そんなある日、シゲオが鮮やかな空色の自転車を買ってきた。てっきり自分の自転車かと思ったら「これで図書館や駅行ける？」と言う。新採一年目の決して多くない初任給の中から、シゲオが買ってくれたこの空色の自転車が久しく私の愛車となった。

113　値切る小学生

「Dear《ディア》 Children《チルドレン》」

作詞　永山伸一
作曲　コミネシゲオ

もしも今私に　声があったなら
負けてはいけないと　あなたに叫ぶだろう
闇を照らす光は　もともと孤独なもの
五千哩《マイル》の彼方からも　あなたが見える
立ち上がれ　私の子どもたち
力の限り　命の限り

もしも今私に　体があったなら
両手を広げて　あなたを抱きしめる
愛する心は　もともと切ないもの
報われないことは　一度や二度じゃない
歌い上げよ　私の子どもたち
迷いや疑いの　波を乗り越えて

（三一）善行篤行賞《ぜんこうとっこうしょう》

一九六五年（昭和四〇年）私は小学校一年生で栃木県佐野市高砂町に住んでいた。そのころ、近所に〝スズタメ〟という新しいスーパーができた。冬になると、そのスーパーの店先にはたい焼きの屋台が出た。今川焼（母は大判焼きと呼んでいたが）やたい焼きが好きな母は、このスーパーに買い物に行くと、よくたい焼きを三個買った。母と私とシゲオの分である。私自身はあんこの詰まったたい焼きの類はあまり好きでなかったが、たい焼きができる工程を眺めるのは好きだった。引き金のついたステンレスのロートで型の凹みに種が流し込まれ、手際よくあんこが〝あん差し〟から乗せられてゆく。ガチャンと鋳物の型が閉じてひっくり返され、やがて黒光りする型が開かれると、湯気をあげたたい焼きがずらりと寝転んでいる。

ある朝、朝礼で別のクラスの一年生が表彰された。「善行篤行賞」という賞であった。その一年生は朝礼台の上の校長先生からうやうやしく大きな賞状を受け取った。一年生が台から降りると、校長先生は賞状を授けた理由を説明した。

とても寒い午後だった。その小学一年生はたい焼き屋の前を通りかかった。たい焼きがとてもおいしそうだった。ポケットを探ると十円玉が二枚入っていた。たい焼きが一個買えるお金だった。一年生はたい焼きを一つ買い、小さな紙の袋に入れてもらい家に帰った。そして家で内職をしていたお母さんにそれを差し出した。お母さんは喜んでそれを食べたというお話であった。母親思いのやさしい男の子の親孝行に校長先生は感動し、善行篤行賞を授与するに至ったそうである。

翌日、私は早速、銀行のマークの付いた、ビニール製のひよこの形の貯金箱から十円玉を取り出してスズタメに出かけた。そしてたい焼きを一つ買い、小さな紙袋に入れてもらった。家まで走って帰ると、夕飯の支度をしていた母に差し出した。母は、「え、私に？」と不思議そうな顔をした。「それじゃあ半分こしようか？」とも言ったが、私は食べたくない——と言ってむりやり母に食べさせた。

善行篤行を行ったので、あとは表彰されるのを待つだけであった。年の瀬となり、新年が明け、一九六六年となった。日差しが柔らかくなり、桜が咲いて、私は小学校二年生になった。私は根気よく待ち続けたが、ついに朝礼台の上で表彰されることはなかった。もちろん、母は私が買って帰ったたい焼きのことなど覚えていない。

(三二) 遺伝

私は困った小学生だった。テストの点が良いと両親にきちんとテストを見せたが、時に「しまった」「参ったな」というような点数のテストが返ってくると処理に困った。四年生の時には点数の悪いテストを机の奥に押し込んでいた。しかし私を目の敵にする意地悪な担任にこれが見つかり、一日中机を廊下に出されたことがあった。机に突っ込むのは得策でないことは学んでいた。そこでヘンゼルとグレーテルよろしく、学校から家までの道々、答案用紙を小さくちぎって側溝に捨てるという方法を思いついた。二十点とか三十点のテストが家に帰るころまでには跡形もなくなってしまう。幸いこのズルは発覚することなく小学校時代をまんまと切り抜けたが、中学になると、いちいち定期テストの結果がまるで通信簿のように家庭に通知されてしまうので、答案用紙の隠滅では対応できなくなってしまった。

結婚して私たち夫婦には男の子と女の子が生まれた。上の男の子はもの静かで素直な子だが、おっとりしており、何事にもマイペースであった。私はどことなく子供のころの自分の姿に息子の姿が重なり、不安に思っていた。私に似なければ良いと思っていた。成績が悪かったり、友達とうまくいかなかったり、学校の先生にいじめられたり、とにかく私の小学校時代の思い出にあまり良いものはない。しかし息子は少々要領が悪いところがあるものの、友達との関係も良好で、先生方からもかわいがられた。勉強もそこそこできているらしい。私の懸念は杞憂に思われた。

息子が小学校四年生のある日、妻が大変な剣幕で小学校から帰ってきた。聞けば息子の担任の先生から学校に呼び出されたそうである。息子が大量のテストを教室のごみ箱に捨てており、それを同じクラスの女の子が見つけ、先生に報告したらしい。妻の小言を聞いていると、側溝に答案用紙をちぎって捨てながら家に帰った小学校時代の記憶がよみがえった。自分も叱られたような気分になり、責任を感じた。まさか答案を捨てる行為が遺伝するとは思わなかった。しかし大胆に、学校のごみ箱に大量の答案を投げ込むとは恐れ入った。せせこましい私よりも大物ではないか。私は少し息子を見直した。

変なところが似るものだねと言ったら、妻は更に怒った。

（三三）Danny《ダニー》 boy《ボーイ》

Danny boy という歌が好きだ。哀愁を帯びた旋律もさることながら、招集されて戦地に赴く息子を見送る父親の思いが詞によく表れている。後半部分では、息子の帰還のころには自分は死んでいるであろうと父親は予感する。そして墓の下から墓に詣でる息子の気配を感じながら眠り続ける。

And I shall hear, though soft your tread above me
And all my grave shall warmer, sweeter be
For you will bend and tell me that you love me,
And I shall sleep in peace until you come to me.

もし私が墓の下に横たわる日が来たら、その時、息子や娘を思うとしたら、私は何を望むだろう。今、私の父は墓の下から私に何を思っているだろう。そう考えるとDanny boyの歌詞は私にはいささか物足りない。

私は亡き父から励まされたり、慰められたりする感触を何度か感じている。思い過ごしや、気のせいと片付けるのは簡単だが、存在の証拠をつかむのが難しいのと同じくらい不存在の証拠もない。

私もきっと墓の中にいても、息子や娘、妻や弟、妹に励ましの言葉を叫ぶだろうし、彼らが泣いていれば両手を広げて抱きしめたいと思う。そんな気持ちで書いた私のDanny boyが「Dear Children」である。

「翼の折れた鳥たちよ」

作詞　永山伸一
作曲　コミネシゲオ

翼の折れた　鳥たちよ
おまえは今ごろ　どこにいる
私があなたを　愛したのは
千里を旅する　翼のせいじゃない
思い出すだろう　自由に飛ぶ姿
はるかに見下ろす　街の景色
見上げてごらんよ　青い空
私はそのまま　あなたを愛する

歌を忘れた　鳥たちよ
おまえは今ごろ　どこにいる
私があなたを　愛したのは
透き通るきれいな　声のせいじゃない
瞼を閉じて　耳を澄ましてみれば
聴こえてくるだろう　懐かしい声
思い出してごらんよ　幼い頃を
私はそのまま　あなたを愛する

(三四) 朝のラジオ

私は朝なかなか目が覚めない。それでも仕事に行くので七時には起きる。ある朝、五時に目が覚めた。まだ起きる気になれないので枕元のラジオのスイッチを入れてまどろんでいた。ぼんやりした頭で聞いていると、お便りコーナーとかで、リスナーからのメールやファックスでのメッセージが紹介された。お題があるらしく、この日は困った家族の話が多かったようだ。起こしてもなかなか起きてこないとか、整理整頓ができないとか、妻たちから夫たちへの不満や苛立ちの手紙が多かったようだ。ずいぶんと辛らつな言葉も並んでいたようだが、途中でまた眠ってしまったので定かには覚えていない。

もうすぐ七時になるころ再び目が覚めた。耳に突っ込んであったイヤホンからはまだ同じ番組が流れていた。女性アナウンサーが追加のお便りを読み上げた。

「五時台のお便りコーナー、亡き夫との日々を思い出しながら、拝聴いたしました。ひとりとなった今、当時がとても懐かしく、涙がこぼれました。ありがとうございました。」

不満があったり、気持ちの行き違いがあったり、文句を言ったり言われたり。不安が怒りを呼んだり、伝わらない言葉に絶望感を感じたり。家族の風景はいつも雑然としたものだ。しかしその雑然としたものの中に漂うようにあるものが愛なのかもしれない。

家庭という車両に乗り合わせ、ひしめき合いながら線路上を行き、やがて一人、また一人と途中下車をしてゆく。最後にポツンとひとり車両に残った時に、雑然とした車内を懐かしく思い出すことだろう。

（三五）ポンコツ

二〇二一年の春、猛烈な頭痛に襲われた。歯科を受診すると臼歯がまるでまさかりで割ったように縦に割れているのが発見された。痛いはずである。たて続けに体の不調が続出した。血圧が上がる、目が悪くなる。いままでなんともなかった体が明らかに劣化を始めている。ああ、こうやって人は齢を取ってゆくのだなと実感する。曽野綾子さんが何かの本で「人間はだんだんに（徐々にだったか？）死んでゆく」と書いていたのを思いだす。

でもそれは人間の幸せとは関係がないというのもこの齢になってわかってきた。それは当たり前に食べられて、食感を楽しめたのも良かったし、物の輪郭もくっきりと見えた方がよいに決まっている。しかし、それを永久に享受することはできないし、それらの能力が失われたからと言って、私自身の精神というか、魂というか、本質が貧しくなったとは思えない。

かつては自分の完全さの指数が幸福指数と一致していた。自分という単体の問題以外でも私は同じ考え方をしていた。例えば家計の所得が高ければ幸福度を押し上げ、子どものできが良ければそれは家族の幸福度を上昇させた。子どもたちにも、より完全になることを求めていたような気がする。

しかし今、私は「天賦」という言葉を若いころよりも実感している。健康な歯にしても、目にしても、「私が持っていた」と思っていたものも、そもそも私のものなどではなく、私に期限付きで貸し与えられたものにすぎなかった。私は長らくその所有者を忘れていたようだ。

貸し与えられているものは体ばかりではない。子どもたちも、家族も才能も地位も財産も、考えてみればみんな「天賦」に違いない。

病を抱えた人がいる。子育てに悩む人がいる。障害に悩む人、その家族がいる。世の潮流に流される人、取り残される人がいる。思うようにならない自分の体も、思うようにならない人生も、思うようにならない家族も、そこにあり、そこにいるという大切な存在である。思うようになってもならなくても、満足できようができまいが、みんなかけがえのない、愛しい相棒である。

「君よ知るや南の国」

作詞　永山伸一
作曲　コミネシゲオ

賑やかな街にひとり　重い足取り重いコート
吹きすぎる風さえも　いたずらに心を乱す
行き交う人はみんな　あなたより幸せだというの
街ゆく人が　みんな同じ涙に泣いている
振り払えナイフの言葉　笑い飛ばせ胸の痛み
幾千もの人がみんな　あなたとともに歩きだす
降りつむ雪も消える日がくる　ああ君よ知るや南の国
いつかは行けるミルテ咲く丘　君よ知るや南の国

ふるさとは今も遠いの　諦めた夢届かない声
励ましの手紙さえも　凍りついた心には届かない
共に生きた時間が　あなたには意味がないというの
わたしは今も歌い続ける　あなたを想う歌
立ち上がれ孤独の闇から　見上げよう同じ星空
幾千粁離れていても　あなたとともに歌っている
激しい風も春の日を呼ぶ　ああ君よ知るや南の国
再び香るオレンジの花　君よ知るや南の国

降りつむ雪も消える日がくる　ああ君よ知るや南の国
いつかは行けるミルテ咲く丘　君よ知るや南の国
君とゆかまし南の国

（三六）ミニヨンの歌

中学校の英語の教科書にゲーテの小説「ヴィルヘルム・マイスターの修業時代」の抜粋が載っていた。主人公ヴィルヘルム・マイスターの前で、目隠しをした少女ミニヨンが、床に置かれたろうそくと卵を巧みにかわして見事な踊りを披露する場面だったと思う。

私はこの小説の全編を読んだわけではないので、いったいどういう話の展開で主人公の前で少女が踊っているのかさっぱりわからかったが、横から教科書を覗き込んだ英語教師の父はどうもこの話を知っていたらしく、「君よ知るや南の国か…」とぽつりと言った。尋ねると、作中、少女ミニヨンが歌う有名な場面なのだという。父もうろ覚えで、冒頭部分だけをぼそぼそと暗誦した「君よ知るや南の国　木々は実り花は咲ける…」。

「君よ知るや」という、ふだん聞きなれない文語表現の呼びかけが何とも魅力的だった。結局は故郷のイタリアに帰れなかったこの少女の物語は、ストーリーとしてよりも、言葉のリズムとして、しかも随分昔に翻訳された日本語のリズムとして私を魅了した。

「君よ知るや」と声に出して発音してみると、何かタイムマシンで遠い昔のロマンチックな世界に迷い込んだような気分に浸れた。いつか私も「君よ知るや」とか「君と行かまし」みたいな文語調の詩を書いてみたいものだとぼんやり考えた。

(三七) 音読

国立子ども図書館に行ったとき、偶然手に取ったリーフレットが面白かった。今はもう何のリーフレットだったかも覚えていないが、そこにはこんなことが書いてあった。

かつて「読書」は音読が普通で、「黙読」は「悪魔の読書」と呼ばれ、嫌われた。ラジオが普及する前は、新聞を家長(一家のお父さん)が大きな声で音読し、家族はそれによって世の中の出来事を知ったのだという。現代人にとって当たり前になっている「黙読」という行為が意外に新しいスタイルであったことに驚かされた。

それ以来、気が向くと本を音読してみる。確かに黙読では読み飛ばしてしまう隅々まで読み込むことができて、文章をより堪能するには黙読よりも音読の方が優れているのかもしれない。気が付けば私はいつの間にか本というと、その中から何か役に立つ情報であるとか、知識を取り込む単なる媒体とみなすようになっていて、本そのもの、文章そのものを読む楽しさを忘れていたような気がする。

記憶をたどってみれば、小学生の頃、新学期、そして二学期のはじめに新しい国語の教科書が配られるのがとても楽しみだった。小学校一年生の上の教科書は「みえるみえる」、「はるみさん」「はい」、「かわいいなかわいいな」と始まり、下の教科書は「じゃがいもコロコロころすけくん、どうしてきみはにげるんだい」「だってねずみくん、きみはぼくをかじるじゃないか」というお話で終わった。

情報を取るとか、知識なんていうことを考えずに言葉のリズムを音で楽しんでいたように思う。そこに「意味」がついてくれば楽しさは倍増した。

小学校時代の国語の教科書のエンボス加工を施した表紙や挿絵、インクのにおいまでが鮮やかによみがえってくる。「おさるのジョージ」「朝男と夕子」「火のないたき火」「海に行きたがったねこ」「けい太のたこ」「メモワール美術館」せきを切ったように面白かった読み物が浮かんでくる。文字は言葉になり、言葉は音になり、リズムを刻む。言葉そのものを楽しんでいた懐かしい思い出だ。

（三八）少年少女文学全集

小学校や幼稚園で定着しているボランティアに読み聞かせボランティアがある。私自身、ラジオで朗読を聴くのが好きで、目で追う読書よりも何倍も楽しめる。人の「声」は、「言葉」をより深く伝える力を持っているらしい。歌や落語などはその最たるもので、言葉を魅力的な人の声に乗せて味わうことは、その意味を理解する以上に言葉の重要さに気づかされる。

聞くのも楽しいが、自分で声で発した言葉を人に聞いてもらうのも楽しい。子供たちが小さなころは、寝顔を見ながら横になり、子守唄を歌った。私はもっぱら「ゆりかごの歌」だった。何が面白いのか、子どもたちは眠るどころか、笑い転げ、「もっと」と歌をねだった。

少し大きくなると、今度は本を読んであげるようになった。私は自分が子供の頃に読んだお気に入りの文学全集を引っ張り出してきた。父が小学生の私にせっせと買い与えたものだった。「ロビンソン・クルーソー」に「十五少年漂流記」「東海道中膝栗毛」「海底二万里」「アラビアンナイト」等々。同じ本でも、子どもたちは喜んで聞いた。

娘が幼稚園の年少組にいたころ、担任の先生に「ごまのはい」に財布を盗まれた弥二さんの話をした。娘の言う「ごまのはい」がどうしても分らず、先生はずいぶんお困りになったらしい。二十歳そこそこの先生は、もちろん江戸時代のスリが「ごまのはい」と呼ばれていたなどとはご存じなかったろうし、知っていたとしても、幼稚園生がまだよく回らない口で、弥次喜多道中を話題にしているとは思わなかっただろう。

子供たちが大好きな就寝前の読書だったが、親の私には子どもたち以上に楽しい時間だった。枕をあごの下にあて、うつ伏せで読む古い本は、私たち親子を江戸時代の日本や、見知らぬ南の島、遠い昔のアラビアへと連れて行った。本を読む私の声と、いっしょに本を覗き込む子どもたちの黒い瞳。そして、わくわくする幼い息遣い。

それらが織りなす、小さいけれども、暖かで幸せな空間が私たちをすっぽりと包んでいた。

「マーガレット・パワーズを知っていますか」

作詞　永山伸一
作曲　コミネシゲオ

彼女の名前を知っていますか
あなたと同じひとりぼっち
砂浜に　残された　ひとすじの足跡
さまよう足元を波が洗い
泡立つ水に消えていく
彼女の名前を知っていますか
いつも孤独だと泣いていた
あなたと同じひとりぼっち

あなたは気づいているかしら
ひとすじ続く足跡の意味
ぼくはあなたを忘れはしない
いつもあなたと歩いている
冷たい潮風が吹く月の夜にも
あなたを背負って歩いてゆく
あなたは気づいているかしら
あなたを背負って歩いてゆく
ひとすじ続く足跡の意味

（三九）マザー・テレサ

私は大学時代、学習塾を経営していた。とはいってもごく小規模のもので、中学時代の友達や弟などの大学生仲間に手伝ってもらって中学生相手に英語と数学を教えて、少しばかりの月謝をもらっていた。高校生の時までは教わる立場にいたものが今度は「教える」という立場になり、一人前の大人になったような気分になった。生徒が成績が上がったなどと言ってくれると、もしや自分の教え方は学校の先生よりもうまいのではないか、などとうぬぼれた。私はいつの間にか大学で学ぶことよりも中学生に英語を教えることの方が面白くなってしまい、学業はそっちのけで、塾にのめりこんでいった。授業が終ると一目散に塾がある栃木県小山市まで約二時間の道を急いだ。七時には子供たちが集まってくるので、遅くも四時半には大学を出なければ間に合わない。

その日も私は帰路を急いでいた。腕時計はもう五時を指していた。渋谷駅はいつもよりも混雑していた。東急文化会館から改札口に向かう通路は、まるで岩の間を縫う渓流のような勢いで、人々は速足で改札口を目指していた。私もその流れに身を任せ、小走りで先を急いだ。ふと気がつくと、すこし先の階段で人の流れがまるで大岩に裂かれた滝のように二手に割れている。

なんだろうと思いながら進んでゆくと、人の流れを二つに割っていたのは障害物などではなくて階段の中ほどでうずくまった女性だった。その女性を避けるようにして何百人という人たちが通り過ぎてゆく。顔色ひとつ変えず、誰もその女性を振り返るものはいない。これだけ大勢の人がいるのだ、良心を持っている人が何人もいるに決まっている、私が彼女のそばに行くまでに、きっと誰かが助け起こすに決まっている。そう思いながら人の波に押し流されて私も進んだ。しかし彼女に手を差し伸べる人、振り返る人、立ち止まる人はただの一人もいなかった。何百人。何千人の人が渋谷駅にはいたはずだった。しかしただの一人も歩みを緩めるものはいなかった。私には、そのほんの数秒が何十分にも感じた。頭の中で彼女に駆け寄る自分、手を差し伸べる自分を想像した。しかし、実際には私の手は動かず、歩みも止まらず、迷う心を抱えたまま人波に乗ってその女性の傍らをとおりすぎた。一瞬に彼女の姿は後ろに過ぎ去り、私の視界から消えた。私は必死に自分に言い訳した。「七時までに鍵を開けないと、中学生を外で待たせることになる、指導者としての責任がある」そう自分に言い聞かせながら逃げるように現場を離れた。

小山に着き、塾に駆けつけると、もう中学生が集まっていた。「間に合った」ほっとして鍵を開け、いつものように授業を終えた。

生徒たちが帰った後の教室で、一人で掃除をしていると、もう夕方の渋谷駅の女性のことなどすっかり忘れていた。つけっぱなしのラジオからはニュースが流れていた。ニュースはマザーテレサの初来日を告げていた。「マザーテレサから日本の皆さんにメッセージです」というアナウンサーの言葉。はじめて聞くマザーテレサの声に私は息を呑み、モップをもつ手は止まった。マザーテレサの少ししゃがれた声はこう呼びかけた。

「路上に倒れた人がいても誰も手をかさない。私はこの豊かな国で、大きな心の貧困を見ました。」

私は思わず振り向いた。がらんとした教室はもちろん私一人だった。ラジオはすでに次のニュースを告げていた。

私は次に道に倒れている人がいれば絶対に素通りはしまいと心に誓った。しかし、あれから四〇年以上がたつが、私の前に倒れる人は二度と現れない。

141　マザー・テレサ

「CROSSROADS《クロスロード》」

作詞　永山伸一
作曲　コミネシゲオ

空色のセーターに
こぼれおちた涙のしずく
桜舞い散る交差点にふたり
冷たい風がふいていていた
振り返れても戻れはしない
同じ道はふたたび交わらない
今ならわかる　あなたの涙の意味
元気でいますか　笑っていますか
幸せと今なら　口に出せますか
道の向こうに　あなたを見た気がする
もう二度と戻れない

143 CROSSROADS

あの春の日の交叉点

本棚を指で辿れば
忘れかけてた色褪せた背表紙
二十四時間　待っていたけれど
あなたからの電話は鳴らなかった
振り返れても戻れはしない
同じ道は再び交わらない
やっと気付いた　あなたのやさしさ
空は晴れましたか　旅は途中ですか
今でもあの歌　歌っていますか
風の向こうに　あなたの声聞いた気がする
もう二度と戻れない
あの春の日の交叉点

(四〇)百人百冊

憧れの人がいた。審美眼といい、教養といい、ほれぼれとするような人だった。この人になるべく近づきたいと、私はインテリを気取った。文学や絵画の話をたくさんした。

「永山君はどんな作家が好きなの?」

そう聞かれて、二〇歳そこそこの私は「堀辰雄」と答えた。

「堀辰雄しか読んだことないんじゃないの?」とその人は言った。図星だった。

別の日、今度は「永山君はどんな絵が好きなの?」と聞かれた。

私は「ルオー」と答えた。

「ルオーしか見たことないんじゃないの?」とその人は言った。これまた図星だった。

どんなにいい格好をしようとしても、この人と話をしていると、私の奥行きのなさがあぶりだされた。

確かに高校生から大学生の頃、読書好きと公言していた私の読書は作家を追いかえるような読み方だった。阿部公房がノーベル賞に一番近い作家だと友達が言うのを聞いて——

偶然だね、ぼくも好きだったんだ――と言わんばかりに阿部公房を読み漁った。高校時代、クラスの文学少女が遠藤周作の「沈黙」を読んでいるのを覗き見て、遠藤周作を読み漁った。絵の見方も同じようなもので、「ルオーがやってきた」とか「ムンクの叫びが来日」などと話題になると、せっせと展覧会に出かけ画集を買った。

そんな私の本の読み方、絵の見方を見透かすような的確な指摘だった。言外に「そんな読み方は読書とは言えないよ、同じものばかり食べていて、それが一番好きだなんてどうして言えるの？」という言葉が隠れていることは明らかだった。

「まずは百人の作家を百冊読んでみれば？それでやっぱり堀辰雄が好きなら、あなたはほんとに堀辰雄が好きということだね。」

さあ、勉強しましょうね――と言われた小学一年生のように私は素直だった。東京までの通学の車中で読んだ本は百人百冊を数倍超えた。

最初に読んでごらん――と勧められた小説はパールバックの「大地」だった。次は小林秀雄の「近代絵画」。伊藤整の「詩のふるさと」にビンセント・ヴァン・ゴッホの「ゴッホの手紙」、ビクトル・ユゴーの「レ・ミゼラブル」、山口瞳の「礼儀作法入門」等々。今、私の書棚に収まっている本を指で辿ってみると、この時期を境に一気に世界が広がっていることがすぐわかる。いまさらながら、その選書の的確さに驚かされる。小さく凝り固まった私の嗜好を右に左に揺さぶり、打ち壊すことで大きな世界に導きだしてくれた。

「永山君の好きな本は?」と聞かれても、今は堀辰雄とは答えない。

「風の栞《しおり》」

作詞　永山伸一
作曲　コミネシゲオ

日に焼けたギターが　ボロンと響いた
ほこりを払って　耳を澄ました
思い出すあなたが　つま弾いた愛の歌
あなたの声真似して　歌ってみた
高い声でないし　息も続かない
あなたはらくらく　歌っていたのに
ため息つけば　あなたは微笑んだ
春の風が　カーテン揺らしていた
不思議だけれど　あなたの声が聞こえる

あなたにあわせ　私も歌っている

読みかけの本に　あなたの書き込み見つけた
結末知らない　長い小説
たくさんの約束　覚えていますか
いつでも　言い出すのは　あなただったけれど
叶った夢はいくつ　かじりかけの夢
目をつぶっても　夢の中にさえいない
黄ばんだページを　指でなぞってみた
春の風が　古い栞さらってゆく
耳を澄ませば　あなたの声が聞こえる
私と一緒に　あなたも歌っている

（四一）歌の力

よく鼻歌を歌ったり、口笛を吹いたりする。今どき口笛を吹きながら歩く人は珍しいと妻は笑うが、散歩道でふと思い出よみがえってくるときなど、無意識に頭の中に古い歌があふれて鼻歌や口笛となって現われる。思えば歌というのはすごいものだ。どんなに好きな小説だって何十回も読み返す人は少なかろう。私は詩の暗誦も好きだったが、声に出すのは一〇年の間に何度もない。それに比べて歌はどうだろう。一〇〇回、いや数百回も一生のうちに口ずさみそうだ。

私は弟のシゲオと違って、声の音域が狭いし、リズム感もなく、どことなく音楽には自信がない。そんな私でも、鼻歌程度とはいっても、歌はほとんど毎日歌っているような気がする。

芸術と呼ばれるものには、音楽の他にも絵画や文学もあるが、音楽ほどだれでも親しんでいるようには思えない。音楽の中でも、歌はその中に文学的魅力も含んでいて、その上、メロディーに乗せるので、覚えやすく、再生もしやすい。何より声しかいらないから、どこにでも持ち歩ける。言葉のしみこみ方もメロディーに乗せると特に具合がいい。

キリスト教の宣教にも古来、絵画や彫刻など様々な芸術が利用されたが、宣教や教義の理解に一番貢献したのは、聖歌や讃美歌と呼ばれる「歌」だったような気がする。歌は祈りに一番近いのかもしれない。

「写真」

作詞　永山伸一
作曲　コミネシゲオ

笑ってごらんとあなたは言うけれど
日差しがまぶしくていつも笑えない
あなたのカメラで撮ったこの写真
いやだわ、しかめ面のわたし
いろんなところにいっしょに出かけたね
避暑地の高原　秋の海
両手にいっぱいの思い出をありがとう
心いっぱいの優しさをありがとう
街が変わり　時が移り
人は去ってしまっても
いまも忘れない
あなたの優しい眼差し
わたしを包んだ 大きな手
わたしを包んだ 大きな手

153　写真

あなたの写真がどこにも見つからない
写っているのはみんなわたしばかり
あなたはいつでもわたしを見ていた
気づかないふりしたのはいつもわたし
あなたが残していった古いカメラ
レンズの向こうに見えるあなたの瞳
空いっぱいの笑顔をありがとう
嬉し涙くやし涙　ありがとう
街が変わり　時が移り
人は去ってしまっても
いまも忘れない
あなたの優しい眼差し
わたしを包んだ 大きな手
わたしを包んだ 大きな手

（四二）写真機

父は写真を撮るのが好きで、高校教師の給料の何か月分も出して買ったコニカⅢというレンジファインダーカメラで私たち兄弟の写真を撮りまくっていた。まだカメラに露出計がついていない時代で、空を仰ぎながら、「今日は天気がいいから１２５か？」「少し雲が出ているから９０か？」などとブツブツ言いながら父はシャッタースピードのリングをいじっていた。父はやたらと逆光を警戒した。必ず晴天の太陽を背にしてカメラを構え、したがって私たち兄弟は常に太陽に向かって笑顔を作らなければならなかった。まぶしくてついついしかめ面になったが、父はいつも自然な笑顔を要求した。そんなわけで私たちの表情はいつもまぶしそうだ。額のせり出た弟のシゲオなどは眉骨の下に、まるで帽子のつばの下にできるような黒々とした影ができている。そうやって撮られた私たちの写真は臙《えん》脂《じ》のベルベットの表紙のアルバムに几帳面に並べられた。随所にブルーブラックのインクで父のコメントが書いてある。

そんなアルバムの中にとりわけ美しい写真がある。シャープなピント、ヌケといいコントラストといい完璧で、しかも私とシゲオの表情も自然でやわらかい。私はこれらの写真を念頭に、父は写真がうまいとずっと思っていた。ある日アルバムをめくりながら気が付いた。その一連の美しい写真の一枚に父が写っているではないか。ということは、この特に美しい一連の写真だけは父が撮ったものではないということか。

子供のころから、何回このアルバムを眺めたことだろう。それなのに、このことには今日まで全く気が付かなかった。すでに父も亡くなっているので、だれがどんなカメラで撮ったものなのか聞くこともできない。私とシゲオが見つめる視線の先にいるカメラマンは誰だったのだろう。

「クリスマスイブ」

作詞　永山伸一
作曲　コミネシゲオ

ドレインチェリーの　クリスマスクッキー
星降る夜に　あなたがくれた
揺れる光　甘い香り
かすかに聞こえてくる　歌声たち
時が過ぎ　大人になっても
泣きたくなると　思い出す
アレルヤ　アレルヤ
夢ははかなく　砕け散っても
アレルヤ　アレルヤ
帰っておいでと　あなたの呼ぶ声

眠くなるまで　話してくれた
遠い昔の　夜の物語
揺れる炎　夜のしじま
羊飼いたちに　またたいた星
歓びの歌　街に流れると
なつかしい声が　よみがえる
アレルヤ　アレルヤ
見知らぬ街で　道に迷っても
アレルヤ　アレルヤ
いっしょにいるよと　あなたの呼ぶ声
アレルヤ　アレルヤ
いっしょにいるよと　あなたの呼ぶ声

（四三）クリスマスクッキー

五歳の息子と二歳の娘を連れて、私たち夫婦はよく烏山教会に出かけた。私と妻の結婚式を司式してくれた田中神父が主任司祭をしていた。教会というと、鐘楼があってそのてっぺんに十字架がついているような建物を想像するかもしれないが、烏山教会はどこから見てもごく普通の木造二階建ての民家にしか見えない。信徒もごくわずかだったが、一時はベトナム人の信徒がたくさんいたそうだ。

一九七〇年代に日本にやってきた難民を支援していた神父がこの栃木県の小さな町でベトナムからやってきた人たちの就労支援をしていて、山間の小さな町に何軒ものベトナム人家族が住んでいた。待降節になるとそのベトナム人たちが教会の庭に馬小屋を作り、マリア像やヨゼフ像を並べ、幼子キリストを迎える馬槽を飾る。どうもこういうデコレーションは、日本人信徒は苦手のようで、もっぱらベトナム人の世話になっていたようだ。

「とても素敵に作ってくれるのよ。センスいいでしょう。」と田中神父が自慢する。

「彼らはね――ボートに乗って国を逃れてくるときにね、家族は同じ船にまとまって乗らず別々のボートに乗るのよ。ほとんどのボートが無事にたどり着かないから、全滅を避けるため、あえて別の船に乗るんだよね。」そう言って田中神父は遠くを見るような眼をした。

「また家族でクリスマスにいらっしゃい」という招きに応えて、教会そばの老人ホームで行われたクリスマスの夜半ミサに与かった。ミサのあとの祝賀会では、シスターたちが作ったパウンドケーキやクリスマスクッキーが並んだ。パウンドケーキはラム酒がたっぷりしみていて大そうおいしかった。子どもたちの目を引いたのはケーキやクッキーにちりばめられた赤や緑のつやつやとしたドレインチェリーだった。私が子供の頃には決まってケーキを飾っていたのは原色に染められたドレインチェリーだったが、今どきはすっかり見かけなくなり、子どもたちには珍しかったようだ。

「おにいちゃんとおねえちゃんに一枚ずつね」と息子と娘はシスターからドレインチェリーとアラザンをたっぷりちりばめた、大きなクリスマスクッキーをお土産にもらった。

外に出ると息は真っ白に凍り、空を見上げれば、黒い山影の上に無数の星がガラスくずのように光っていた。

「卒業アルバム」

作詞　永山伸一
作曲　コミネシゲオ

久しぶりですね　手紙をありがとう
憶えていますか　卒業式の帰り道
橋をわたる途中で　みぞれ混じりの雨
晴れた日でしたねって　それはあなたの思い違い
頬打つ雨　あふれた涙
夢みるような　あなたの瞳
すれ違う記憶　つなぎ合わせて
開く私の　卒業アルバム

借りていた参考書　ページの片隅に
鉛筆で小さく書いた　あなたへのメッセージ
銀杏並木に　長い影を落として
大人びた人だと　ずっと思っていたけれど
言いかけた言葉　気づかないそぶり
アルバムの中のあなたの　真っ直ぐな瞳
すれ違う記憶　つなぎ合わせて
閉じた二人の　卒業アルバム

（四四）記憶

置かれた状況によって記憶は全く異なった風景を記録するらしい。

高校時代に淡いあこがれをいだいていた同級生から電話をもらった。一年間浪人生活をしていたが、めでたく大学に入学できた――という連絡だった。一年早く大学生になっていた私は、よせばいいのに手紙を書いた。卒業アルバムの巻末にある住所録を繰り、彼女の住所を見つけた――当時は個人情報などという言葉も存在せず、卒業アルバムの巻末には必ず卒業生の名簿が住所電話番号付で掲載されていた。

当然書き出しは高校時代の思い出となる。卒業以来一年ぶりに電話をもらって嬉しかったと書き、卒業式の日のことを書いた。ぬけるような青空の下、春の明るい光に包まれていたと綴った。

数日後に彼女から返ってきた手紙は長かった。彼女もひさしぶりに会話を楽しんだと書いてあったが、その後に私の記憶の誤りを指摘していた。

「永山君は晴れた日だった――と書いていましたが、それはあなたの思い違いです。あの日は低く雲が垂れこめた、とても寒い日でした。帰り道でみぞれが降ってきて、私は先生の刺すような言葉に傷つきながらずぶぬれで帰宅しました。」

卒業式のその日、私は志望大学への入学も決まっていて、世の中のすべてが自分を祝福しているようで、有頂天になっていたことは確かだった。私にとっての高校の卒業式はそんな明るい旅立ちの象徴であり、単純な若者は何の不安もなく、明るい未来だけに目を輝かせていた。そんな私の心情が反射して見上げた空まで青く見えたということか。何十年も前のことでなく、一年前の記憶の話である。

返事をもらった時は半信半疑だったが、反論もせず、かといってほかの同級生に確かめもしなかった。彼女とは何度か会う機会もあったが、ついに卒業式のお天気の話はしなかった。当時はもう確かめようもないとあきらめたが、今であれば、ネット検索で容易に答えが見つかりそうだ。しかし、それを調べる気になれない。勘違いと言うなら勘違いだったのだろう。

「パネトーネの歌」

作詞　永山伸一
作曲　コミネシゲオ

パン屋のトニーが　恋をした
広場のバルコニー　素敵なお姫様
オニキス、トパーズ、ガーネット
金のティアラに光ってた
もうすぐクリスマス
町中のお金持ちが贈り物を抱えて
ネックレス　シルクにパフューム
夜空も照らす宝物
パーネ　パーネ　パネトーネ
パーネ　パーネ　パネトーネ
トニーはお金も宝石もない
パーネ　パーネ　パネトーネ
パーネ　パーネ　パネトーネ

だけど誰よりも　あなたに恋してる

パン屋のトニーは　考えた
とびきりおいしい　ケーキを焼こう
レーズン、シトラス、オレンジピール
金色の生地にちりばめて
今夜はクリスマス
町中でいちばんの材料を集めよう
玉子にセモリナ　蜂蜜、ラム酒
街に漂う甘い香り
パーネ　パーネ　パネトーネ
パーネ　パーネ　パネトーネ
お姫様もたちまちお気に入り
パーネ　パーネ　パネトーネ
パーネ　パーネ　パネトーネ
どんな宝石もかなわない
甘くて美味しいパネトーネ

（四五）パネトーネ

たいそう食通の神父様だった。

「お昼をフランス料理のアラカルトのように自分で選んで食べるのと、幕の内弁当のように決められたメニューで食べるのとでは、どちらがあなたにとって自由であると思いますか？」

冬の明るい午後だった。宇都宮市峰のフランシスコ修道院の応接室で、田中神父が私に尋ねた。私が迷わず「アラカルト」と答えると、神父様は少し間を置き、柔和な笑顔で言った。

「うん、そうか、アラカルトか——でも残念、正解は幕の内弁当なのよ。与えられたものを受け入れる方が自由ということなのよ。」

——はて、何をおっしゃっているのか、三〇代の私にはさっぱりわからない禅問答であった。

帰りがけに「そうだ、おいしいケーキがあるから…」といって大きな箱を持たせてくれた。てっぺんに釣り手のようにリボンがついている。帰宅して開けてみると、ケーキというより、大きなパンのような塊だった。神父様が教えてくれたように縦に切ってみると、思わず声を上げた。明るい黄金色の生地に干しブドウ、オレンジピールやルバーブをちりばめた美しい断面で、私も妻も初めて見るものだった。――パネトーネと言ってね、イタリアではクリスマスケーキとして食べるんですよ――という神父様の説明を聞いて、以来我が家ではクリスマス前に買っておくケーキはパネトーネになった。

待降節、クリスマスツリーの下にパネトーネを置くと、田中神父を思い出す。あの幕の内弁当とアラカルトの譬《たと》えは何だったのだろう。ことによると答えはその言葉だけで完結することなく、お土産にパネトーネをくださったという全体のセテュエーションにあったのではなかろうか。これはおいしいよと自信をもって与えてくれたパネトーネ。自発的に探したものではないけれど、結局おいしいパネトーネに私たちはたどり着いた。

私たちは自由という言葉を狭く解釈しすぎてはいまいか。もちろん奔走して自分で探し回る姿は一見自由に見えるが、嗜好は心地よく自分を囲いの中に追いこんで、その結果、選択の幅をかえって狭めてしまうことがある。自分の嗜好という囲いの中で無駄に動き回るよりも、与えられたものを受け入れることで出会いの機会が広がり、結果としてはより多くのつながりを持つことができる――選択肢が少ない、あるいは選択肢が示されない方がより自由となる場合がある——そう田中神父は言いたかったのかもしれない。

確かに、幼い子供に母親が与える食物や、親が子供に与える教育などを想像すれば、「自由」は必ずしも「自発」を要件としないような気がする。

「September《セプテンバー》」

作詞　永山伸一
作曲　コミネシゲオ

お気に入りのかばんに　ジャケットをつめて
長距離バスに　今夜乗り込もう
眠らない街に　孤独な毎日
見えない明日《あした》に　怯えた夜
窓にながれゆく　ビルの灯り
思い出す　あなたの寂しい笑顔
夜《よる》が明ければ　景色は変わる
故郷《ふるさと》の町は　もう秋の気配

心配していたのよ　三度目の夏

夢が叶うように　いつも祈っていた
手紙も途絶えて　季節は移ろい
届かない心　早い夕暮れ
部屋の明かりつければ　窓に映る顔
思い出すあなたの　いつもの強がり
そっとささやけば　聞こえてる気がする
あなたの予感乗せて　九月の香り

（四六）往復書簡

書簡集というのは面白い。書き手はまさか自分の死後、世間の目にさらされるとは思っていないから、初めから公表を予定している著作より書き手の人間のにおいがする。書き手のプライバシーを覗くという、少し悪趣味な楽しみともいえるが、今は亡き人たちが生き生きとよみがえり、急に近くにいるような気分になる。「ゴッホの手紙」はもっぱらゴッホからの往信だけだが、彼の聡明さや、誠実さがよくわかるし、何より彼自身が自分の絵の価値をきちんと評価、理解していたことが読み取れる。何度か読みかえした私の愛読書である。

往復書簡集は更に面白い。考えてみれば手紙を書いた本人さえ、往復書簡という状態で手紙を一覧する機会はなかったはずで、贅沢の極みと言える。哲学者田辺元と、小説家野上弥生子の往復書簡集も面白かった。本題となるような話題はむしろ二人が会ったときに交わされているらしく、書簡ではむしろ他愛のない話題が目立つ。手土産とした空也の最中の話などを、当の空也の最中を目の前に置き、お茶をすすりながら読んだりして楽しんでいる。

書簡ではないが、モネとルノワールがセーヌ川河畔にイーゼルを並べて描いたと言われる「ラ・グルヌイエール」も往復書簡と同じような面白さがある。この二枚の絵を見ていると、お互い相手のカンバスを覗き込みながら語らう二人の楽し気な声が聞こえてくるようだ。

人の個性も魅力も、他の人とのかかわりという光線が当たると輝きを増すようだ。

「二月の朝」 (In loving memory of Mike McGowan)

作詞　永山伸一
作曲　コミネシゲオ

二月の空は水色の光にあふれて
凍えた指先に私は息を吹きかける
あなたはさよならも言わずに旅立った
何も知らない私は春呼ぶ風を待っていた
いつもの朝みたいにケトルが鳴いている
あなたのお気に入りの古びたソファー
あの頃みたいに振り向き笑ってみせて
あの頃みたいに優しく歌ってほしい
あなたのいる場所から
私のことが見えますか
あなたの生まれた町によく似た
青い青い　空の向こうから

It's time to say good-bye
Time to say good-bye

二月になれば丘は緑の草に覆われる
あなたがいつか教えてくれたふるさとの風景
わたしはあなたの思い出をさがして
古い手紙やアルバムを部屋中に積み上げた
頑固者 世間知らず全てに無頓着
思い出すのはみんな馬鹿げたエピソード
あなたはとぼけて優しい言い訳ばかり
笑いすぎたら涙溢れて止まらない
私もいつか行くでしょう
久しぶりねと笑うでしょう
あなたの生まれた町によく似た
青い青い　空を見上げたら
It's time to say good-bye
Time to say good-bye

（四七）嗚咽

父が亡くなった時、私は泣かなかった。私の死生観なのか、私の感情が乏しいのか、あるいは父に対して冷淡なのか。今でもよくわからない。

しかし父の枕元で泣き崩れた人がいる。昭二伯父である。父の教育費を出し、事業下手の父の仕事の面倒をみて、いつも金に困っていた父を支援し続けた伯父である。頼りない父にいつも手を差し伸べながら「先生センセイと呼ばれるほどのバカはなし」などと教員の父を捕まえて言っていた。いつも飄々としており、何事にも動じない懐の深い伯父だった。父が亡くなった時も達観して冷静にいるという私の予測に反して、伯父は父の枕元で声を詰まらせ嗚咽した。母より、私たち兄弟よりはるかに悲しそうで、それはもう「苦しみ」と呼ぶべきかもしれない。

そんな様子を見ていて、子どもである私は父について何も知らなかったことに気づかされた。

177　嗚咽

（四八）マイク・マクガワン

「明日、羽田に着く。渋谷のホテル〇〇に宿をとったので会いたい」

大学を卒業したばかりの私に電報が届いた。差出人はマイク・マクガワンとある。

カリフォルニアのベイエリアに住み、シェル石油に勤めていたマイクは、茨城県鹿島で開催された空手の合同稽古に参加し、そこで私と知り合った。日本滞在は二週間ほどで、ホームステイということで二日ほどマイクとセルジオというメキシコ人を我が家に泊めた。気さくな二人だったので、彼らの帰国後に手紙を出したが、セルジオからは返事はなかった。マイクからは稽古が楽しかったこと、私の家のもてなしが素晴らしかったこと、私の家族がとても親切だったことへの謝意などが書かれた手紙が帰ってきた。私が大学三年だった一九七九年冬には今度は私がカリフォルニアの彼の家を訪れ、ご両親に会ったりもした。電子メールもない時代である。人々はそれほど互いの近況を知らせあう習慣もなかったし、その手段も多くなかった。そんな状態で突然届いた電報である。

電報で「明日」と言っているのは、それを日本で読んでいる私にとっては今日のことではないか。どうも飛行機に搭乗する寸前に空港で打った電報らしい。栃木に住む私が電車で渋谷まで行くには二時間半はかかる。あわてて身支度をして電車に飛び乗った。指定のホテルに着いたのは夕方の五時くらいだった。

ホテルの薄暗い小さな部屋で、大きな体のマイクが出迎えた。聞けば日本で生活することは長年の夢で、前回鹿島を訪れて、日本が自分が想像していた通りの国だったので、仕事を辞めて日本で働くことにしたのだという。日本に来たからには、空手だけでなく、剣道もやってみたいなど、彼の体には小さすぎるベッドにちょんと腰をかけ、興奮気味に日本に来る決意をした理由を語った。勤務先は藤沢にある英会話学校が決まっているし、学校がそのそばにアパートも手配してくれたという。

手助けが必要で呼び出されたのかと思っていた私が「何か手伝うことは」と尋ねると、ちょっと不思議そうな顔をして「何もないよ」と言う。それならどうして電報まで打って呼び出す？と私は思った。それからの彼の話は空手やら剣術やら武術の話ばかりだった。気が付けば隣のビルの壁に向かって開いた小さな窓に夜のとばりが降りている。それに気づいたのか「遅くなるからロビーまで送ろう」とマイクは私に促した。

殺風景な狭いロビーだった。「また連絡するよ」ハグをして別れたが、ジュニアオリンピックの水泳で全米チャンピオンになった経歴を持つマイクの背中は俵でも抱えるように丸く厚かった。

181　マイク・マクガワン

（四九）枯草の丘

出会った頃は、私もマイクも独身だった。藤沢の英会話学校で英語教師の職を得て、狭いアパート暮らしをしていたので、毎土曜日、彼はリュックサックに洗濯物をいっぱい詰めて私の家に泊まりに来た。滞在中、母が洗濯をして、日曜の夕方にはきれいになった洗濯物を背負ってまた藤沢に帰ってゆくという生活が二年ほど続いた。マイクのお母さんが恐縮して母に大きなレノックスのティーポットを送ってきたことがあった。中には美しい筆記体で母あての礼状が入っていた。彼の両親くらいが美しい筆記体を書ける最後の年代かもしれない。その間に彼はヨーコさんという女性と知り合い結婚した。日本でいろいろあったので、結婚を機に日本の生活を引き払い、ヨーコさんを連れてマイクはカリフォルニアに帰って行った。

彼も私も経済的に余裕がなかったので、しばらく会えずにいたが、私は結婚すると、妻にもこの親友を会わせたいと思った。このころになると、私も仕事に就き、何とか旅行代くらいは工面できるようになっていた。結婚した年末の休みを使って、妻を伴いカリフォルニアのマイクのアパートを訪ねた。彼らは五歳になるジョン、三歳のクリス、そして生後半年のジェンの五人家族になっていた。

空港まで迎えに来て、人懐こい笑顔で私たちを迎えたマイクも、始めから友達口調でさばさばとした性格のヨーコさんも妻は気に入ったようだった。荷解きをして、リビングで四人でおしゃべりをしていると、何のはずみかマイクとヨーコさんが口論を始めた。私たち夫婦の頭越しに、テーブルの両端に座った二人の口論は激しさを増した。私はマイクの兄弟げんかなど、アメリカ人の迫力ある口喧嘩には何度か遭遇していたので気にせずコーヒーをすすっていた。しかし妻はすっかり驚いてしまったらしく、「私たち、ほんとに来てよかったのかな」と落ち着かない様子だ。確かに体の大きなマイクの低音の怒鳴り声は雷のように響くし、小柄のヨーコさんがこれに負けじとまくしたてる様子には驚くが、この応報が三〇分と続くことはない。いつの間にか肩に手を回しべたべたとしているので妻の目は点になる。私たちは彼らの家に泊まり、一緒にスーパーに買い物に行き、一緒に食事を作った。子どもたちを連れて時々プールや公園に行く。特別なことをするわけではないが、妻にも私にもこののんびりした生活が心地良かった。

やがて私たち夫婦が彼の家を訪問することが恒例となった。経済的に余裕があるわけではないのでクリスマスに訪問すると、次の訪問は一年空けた夏休み。その次はまた一年空けてクリスマスという具合に、一年半周期の訪問が定着した。私たち夫婦にも子どもが生まれ、マイクにも第四子のダニエルが生まれていたので、私たちが遊びに行くと六人の子どもに四人の大人という大所帯になった。私たちはヨーコさんの運転するミニバンやアムトラックに乗ってタホ湖やトラッキー川への小旅行にも出かけた。彼の子どもたちはどこに行っても私たちの子どもたちを「cousin（いとこ）」と紹介した。

帰りはいつもマイクがサンフランシスコ空港まで車で送ってくれた。空港までの道はうねうねとなだらかな丘陵を縫うように続く。ところがこの丘は、クリスマスに来ても、夏休みに来ても、いつも白茶けた色の枯草に覆われている。

「ここの丘はどうして一年中枯れているの」と彼に尋ねたことがある。彼は意外そうな顔をして答えた。

「いや、一年中枯れているわけじゃない。雨の多い二月ころになると、一斉に緑の草に覆われてそれは美しいよ。そうか、伸一が来る時はいつも草が枯れていたんだね。雨季に来れば丘は緑だよ。」

——そうだな、仕事を引退したころには、二月とか三月とか、緑の丘を見るというだけの目的の旅をする余裕ができるだろう、おじいさん二人でこんなふうにドライブするのも楽しかろう——私は黙って助手席から白茶けた枯草の丘を眺めながら考えた。

（五〇）二月の朝

一月末、マイクがＣＯＶＩＤ１９に感染して入院している――と彼の長男のジョンから連絡が入った。すぐに元気になるさ、と私は妻にも子どもたちにも言った。ハグをする私の両手が回らないほど分厚い胸板のマイクが、たかがウイルスにやられるわけはないと思っていた。そもそも二〇代のころから毎日の朝食をチョコレートドーナツとコカ・コーラで済ませている割には病気知らずで、彼が臥せっているところを見たことがない。愉快なほど世の中の健康常識が当てはまらない男だった。そして水に入ると、まるでトドのような見事な泳ぎっぷりを見せた。

しかし集中治療室に入ったという写真が送られてくると、私は急に不安になった。あの逞しかった腕はやせ細り、親指の付け根はえぐられたように大きくくぼんでいた。眼窩に落ち込んだ目は閉じたままで、周りに家族が集まりそれぞれ手を握ったり、胸に手を置いたりしている。

急に不安なものを感じ、私は教会に向かった。主任司祭のアジット神父に祈りを請うた。

暗い修道院の小聖堂で神父様と二人、祈りを捧げた。遅く帰宅すると、家族もマイクの容態を心配していた。思い出話やら、子どもたちが小さかった頃の話は尽きず、つい深夜まで話し込んでしまった。

翌朝いつもの時間に目覚め、ぼんやりした頭でコーヒーを挽き、湯を沸かした。気が付けば充電中のアイフォンが何やらメッセージを受け取っているらしい。私はコードを引き抜きメッセンジャーを開いた。ジョンからの短いメッセージで「Mike passed away at 7:55am this morning」とあった。現地時間七時五五分ということは日本時間では深夜一時頃になる。私たちが思い出話を終えたころに彼は旅立ったということか。

「マイク死んじゃった」とだけ私は妻に告げた。次々といろいろなシーンがよみがえってきた。勘違いで日本までガールフレンドを追いかけてきて見事にフラれたこと、ヨーコさんに内緒で私に二〇個も日本のストップウォッチを注文してバレたこと、私の古い自転車を乗り出し盛大に町の中で転んだこと、日本の冬は寒いからと母に電気こたつをもらい、亀の子のように背負って電車に乗る後ろ姿、どこに行っても話すことは武術のことばかりで場が白けたこと。とりとめもなく妻に話していると笑いが込み上げてきた。笑いが止まらずしゃがみこんだ。胃のあたりが固くなり呼吸が苦しくなる。息ができない、声が出ない、涙があふれて私は動けなくなった。妻が黙って背中をさすってくれた。

後日、葬儀の写真が送られてきた。フォトグラファーの次女ジェンが撮ったのだという。抜けるような青空の下、白い祭服をまとった神父が棺の上に手をかざしている美しい写真だった。遠くに見えるカリフォルニアの丘は鮮やかな緑に覆われていた。

「Magic《マジック》 Hour《アワー》」

作詞　永山伸一
作曲　コミネシゲオ

夕焼けの街　口笛吹いて歩けば
懐かしい顔　手招きで呼んでいる
踏切の鐘　行き交う車の音・
歩く靴音も　愉快なリズム刻んでる
昔の街が甦る　みんな帰ってこいよ
約束通り　もう一度一緒に歌おう
憧れの車に乗って　ドライブに出かけよう
夕焼けの街　あなたを思い出すよ
口笛吹いて　家に帰ろう

口笛吹いて　夕暮れの街

懐かしい家　夕陽に染まる街並み
知っているさ　みんな神さまがくれた
パパやママの声　あなたのほほえみ
急ぐ足取り　迎える小さな子どもたち
賑やかな家も街も　みんな昔のこと
分っているさ神様が　全部持って行っちゃった
でもどうしてなんだろう　心に残る温もり
ポケットのコインで　ワインを買って
口笛吹いて　家に帰ろう
口笛吹いて　夕暮れの街

（五一）ヨブ記

何を言おうとしているのか、そもそもこの書が何のために聖書の中に存在するのか理解できなかったのが「ヨブ記」である。それがこのごろ、この書が言わんとしていることが、少し解ってきたような気がする。

「ウツの地にヨブという人があった。無垢な正しい人で、神を畏れ、悪を遠ざけて生きていた」とヨブ記は始まる。ヨブは、非常に誠実な人で、家族や資産にも恵まれており、「東の国一番の富豪であった」とヨブ記にはある。

そんなヨブについて、神はサタンに言った。

「お前はわたしの僕ヨブのように無垢で正しく、神を畏れ、悪を遠ざけて生きている人を見たことがあるまい。」

するとサタンはこう答えた。

「ヨブが利益もないのに神を敬いましょうか。あなたは彼とその一族、その財産を守っておられるではありませんか。あなたが彼のすべての財産を奪ってごらんなさい。彼は必ずあなたを呪うにちがいありません。」

神はサタンに、「それなら試してみよ」と言われた。サタンはヨブから一切の財産を奪った。

しかしすべての財産を失ったヨブは神を呪うどころか「わたしは裸で母の胎を出た。裸でそこに帰ろう。主は与え、主は奪う。主の御名はほめたたえられよ」と神を賛美した。

その後もサタンはヨブから大切な家族を奪い、さらにはヨブをひどい病気にかからせが、ヨブは病の苦しみでのたうち回りながらも神を賛美し続けたという話である(最終章では、とってつけたように神がヨブの繁栄をもとに戻し、財産を二倍に増やしたという記述があるが、これはひどすぎると後年書き足されたものであるというのが定説らしい)。

あまりにも気の毒な話で、これでは神を賛美する気持ちもなくなってしまう、わざわざこんな悲惨な話を書かなくてもいいのに、と若い頃の私は不思議に思った。しかしいろいろな意味で「失う」という宿命を実感し始めたこのごろになると、その「失ったもの」は元来どこから来たものだったのか、ということも考えるようになった。もちろん失うことは苦しいことだし、私たちが好んで求めるはずはない。

しかしその裏側で、失った後でも、与えられた時の幸せの記憶は存続したままである。

与えられたものをすべてなくしてもゼロにはならないのはなぜだろう。単なる引き算が成立しないのが人生なのだろう。

「主は与え、主は奪う」のである。

（五二）母の店

小学校五年生の頃、母は小さな文房具店を営んでいた。父の気まぐれから始まったもので、伯父が持っていた三〇坪ほどの地所に、父はちゃっかりと一二坪の店舗を建て、母に文房具店をやらせた。六坪ほどの店舗部分に六畳の畳の間があり、トイレと研ぎ出しの流し台と一口ガスコンロの簡単なお勝手が付いていた。文房具店と言っても、置いていた文具は小学生が使うノートや鉛筆、ボールペンにマジックインキくらいのもので、そのほかはプラモデルにコーラや牛乳、駄菓子に漫画雑誌など。要は子ども相手の万屋のような店だった。

小山市は東北本線の西側が旧市街で、昭和四〇年ころに東側の開発が始まっていた。私たちの家も、私たちが通う小学校も当然この西側の旧市街にあったが、先見の明ある昭二伯父はこの東側に数か所の土地を求めていたのである。伯父の読みは正しかった。駅まで三〇〇メートルほどのこの新開地はその後大いに価値を増した。しかし、ここに子ども相手の店を出した父の計算はいけなかった。そもそも新開地で家がほとんどない。当然、人も少なく、したがって子供もいない。そんな場所で店が流行るはずもない。母は誰も来ない小さな店で、朝から夕方までラジオを聞きながら店番をした。売り上げは一日千円に満たなかった。

ところが私たち兄弟にとって、この店は天国だった。新品の文房具が並び、お菓子や漫画雑誌が山ほど「わが家」にあるわけだ。私はかたっぱしから漫画雑誌を読みあさり、母に無断で冷蔵ケースのコーヒー牛乳を飲んだ。誕生日には、商品の陳列棚にあるプラモデルがプレゼントと化した。魅力的な駄菓子も並んでいた。中でも好きだったのは、私たち兄弟が「毛虫せんべい」と呼んだカレーアラレと、兎の形のパン生地にチョコレートをかけた日立製菓の「ラビットチョコ」だった。

そんなわけで母の店は、来客がないのに商品だけはどんどん減っていった。母にとってはちっとも報われない商売であったが、私とシゲオにとっては、この店はお菓子の家のようであり、贅沢な別荘のようでもあった。この店が売上不振によって廃業するまで、私たち兄弟にとってはたいそう楽しい二年間であった。

（五三）跨線橋《こせんきょう》

私たち兄弟は朝、家から小学校に登校すると、帰りは駅東の母の店に帰った。父も夕方にはこの店に帰ってくるので、家族全員が揃うとみんなで父の車で家に帰った。小学校からの帰り道は交通量の多い踏切のある道は避けて、駅近くの跨線橋を登り線路を超えた。

大人になって車で歩くようになると、線路近くの細かい路地に入る用事もなくなり、この跨線橋のことはすっかり忘れていた。先日運動不足解消のため、散歩に出た時に子供の頃歩いた通学路を辿ってみた。町の様子もすっかり変わっており、新幹線が通って、私が子供の頃の木造駅舎はとうの昔に駅ビル付きの現在の駅舎に立て替えられている。すっかり様変わりした駅周辺だったが、この跨線橋だけが当時の姿のまま残っているのを見つけた。鉄製の狭い歩道橋で、両脇は金網に囲まれている。複線の東北線を駅近くで跨ぐので思っていたより長い歩道橋だった。当時あった機関庫はとうに取り壊され、住宅地になっている。

私はこの跨線橋が好きだった。当時この跨線橋から見下ろした機関庫には蒸気機関車が格納されていた。弧を描くようにレンガ造りの車庫が建ち、その前には丸い転車台があった。運が良ければ、白煙を上げた蒸気機関車がこの転車台に乗って回るのが見られた。鉄道員が赤白の手旗を挙げたり下げたりしていた。車庫のそばには機関士用の風呂場があり、昼間から勤務明けの機関士と思われる半裸の男が洗面器を持って浴場から出てきた。寒い冬の日、赤く上気した首に白いタオルを提げた男の頭から湯気が上がっていた。

「雨が上がったよ」

作詞　永山伸一
作曲　コミネシゲオ

雨が上がったよ
上着を脱いで出かけよう
約束していた　高原の湖
山道越えて　雲より高いところ
涼風《すずかぜ》吹いて　若葉が匂う
空の上の楽園《パラダイス》
あなたは少しおどけて　踊るだろう
あなたが残した　夢をひとつひとつ叶えよう
雨上がりに光る　高原の湖

雨が上がったよ
上着を脱いで出かけよう
みんなで行った　高原のコテージ
桟橋が見える　素敵なレストラン
賑やかな声が　耳元でこだまする
しまってあったサドルシューズ
お気に入りの　パナマを被って
あなたが残した夢を　ひとつひとつ叶えよう
雨上がりに光る　高原の湖

(五四) 日光プリンスホテル

高校生の頃、堀辰雄の小説に夢中になった。年齢相応に人生や恋愛、出会いや別れに感傷的になっていたせいもあるが、それ以上に「風立ちぬ」や「美しい村」に描かれていた大正期の避暑地軽井沢の風景に憧れた。しかし、私の青年期には既に軽井沢はテーマパーク的な賑わいを見せ、もはや私が憧れた避暑地の姿はなかった。

ところが、子どもたちが生まれ、夏休みにどこかに連れて行こうということになり、とりあえず近場で、と訪れた日光ですてきなホテルに出会った。竜頭の滝近くにあったホテルで、特別高価というほどでもなく、親子連れには最適だった。広い敷地には山小屋風の赤い屋根の本館があり、小道が続く林の中には十棟ほどのコテージがあった。手入れされた芝生と広葉樹林の森とのコントラストは美しく、敷地内を流れる小川はいけすに冷たい水を満たし、チョウザメがゆったりと泳いでいた。堀辰雄の小説に出てくるような「避暑地」を思わせる佇まいで、私は大いに気に入り、夏休みのたびに家族を伴い、高原の冷たい空気を楽しんだ。

子供たちもこのホテルは大いに気に入っていたようで、それこそ夏休みのお出かけが、毎年〳〵日光プリンスホテルでも、まったく不満を言わなかった。

レストランの前の芝生の庭は中禅寺湖まで続いていて、そこにホテル専用の桟橋があった。高原の秋は早く、八月にはもう赤とんぼが群れ飛んでいた。子どもたちは虫取り網でトンボを追いかけたり、本館裏のプールで泳いだりして遊んだ。桟橋から小さな手漕ぎボートをホテルの人に下ろしてもらい、子どもたちを交代に乗せたこともあった。巨大な楢の木の横枝に長いロープで吊ったブランコは特に娘のお気に入りだった。

夜は八月でも気温が下がり、吐く息が白くなった。敷地内にたくさん植えてあるイチイの木になった真っ赤な実は釣鐘のように真ん中にへこみがあり、美しく愛らしかった。私はこのイチイの実を子雀が母雀にプレゼントするというお話を作って、木のにおいのするログハウス造りのコテージで子どもたちに聞かせたりした。

「子どもたちが大人になって帰省するときには、ここに集合っていうのもいいね」などと妻と話していたが、リーマンショックの起きた二〇〇八年に日光プリンスホテルは閉館してしまった。

（五五）牛に追われた話

娘はおばあちゃんの昔話が好きだ。昔話と言っても、民話やおとぎ話の類ではなく、母の子供のころの思い出話だ。一番好きな話に母と伯母が牛に追われた話がある。

母の家は栃木県烏山町の農家だった。家に入ると、先ず土間が勝手場まで続いており、正面には囲炉裏の間があり、左手に進むと仏間、寝室と畳の間が続いていた。勝手場に向かう途中の右手には牛小屋があり、その入り口には、牛が勝手に囲いから出ないように、「ません棒」という丸太がかけてあった。

暖かい春の日だった。祖父も祖母も、上の姉たちも出かけていて、家には五歳くらいの母とサヨちゃんという三歳違いの姉が留守番をしていた。牛小屋では牛が鼻先でません棒を転がして遊んでいた。祖父は牛のこのくせが大嫌いだったが、母はこの音がきらいではなかった。どこかで小鳥が鳴いているのどかな日だった。突然ガラガラとません棒が転がる音がした。サヨちゃんが悲鳴を上げた。母が驚いて振り返ると、牛が牛小屋から出てきて座敷に上がりこむところだった。大きな体でのっしのっしと畳の上を歩くと、畳はまるで水に浮いた板切れみたいに大きく波打った。サヨちゃんと母は座敷から庭に飛び降り、走りだした。牛は母たちを追いかけて庭に降りた。洗濯竿をガラガラと跳ね飛ばし、干してあった洗濯物が角にからまった。牛は洗濯物をひっかけたまま母たちを追いかけた。母は蔵の陰に身を隠したが、サヨちゃんは道に向かって走った。牛は母には気づかずサヨちゃんを追った。牛が速いのにも驚いたが、サヨちゃんの走る速さにはもっと驚いた。「サヨちゃん！」母は大きな声で呼んでみたが、もうサヨちゃんはゴマ粒くらいに、牛は小豆粒くらいに小さく見えるほど遠くに行ってしまい、やがて見えなくなってしまった。

サヨちゃんは昼過ぎに帰ってきた。近所の人がカナガの小学校のそばで牛とサヨちゃんを見つけて、家まで送ってくれた。サヨちゃんの顔は埃で真っ黒で、両頬には涙の痕が白く残っていた。汚れた手でごしごしこすったのだろう、鼻の下には黒いヒゲができていた。

母のそんな昔話を娘は楽し気に聞いている。

（五六）ふたたびコミネシゲオ

二〇二二年三月末日を以てコミネシゲオは栃木県立壬生高校の校長を最後に定年退職した。生徒たちにも彼の歌はなかなか好評だったらしく、お昼の校内放送や下校の音楽に放送部がよく使ったらしい。卒業式の卒業生退場のＢＧＭに彼の音楽を使ってくれた先生がいると喜んでいたこともある。

離任式には、最新アルバムの「ＳＩＢＬＩＮＧＳ」を四〇〇枚、全校生徒にプレゼントして、シゲオは三八年間勤めた教職を去った。

退職の翌日、自宅の玄関に「KOMINE・SHIGEO　STUDIO」と書いた小さな看板を出した。名刺もかつての分厚い純白のケント紙に印刷したものではなく、写真とＱＲコード入りの薄手のものを新調した。しゃれたＡ２版のポスターを百枚作り、地元のコミュニティＦＭ局やレストランや理容室に貼ってもらった。ご近所は興味津々らしく、「うちにも貼ろうか」と声をかけてくれる。「目立たないから、うちの塀に看板かけてもいいよ」と言ってくれる人がいたり、車を洗っていると「YouTube見てます」と声をかけてくれる人もいる。

以前勤務していた学校の同窓会長がいろいろな方面の人を紹介してくれる。

そんな人たちの支えのおかげか、地方ラジオ局やケーブルテレビからの出演依頼や、新聞のインタビューが入ったり、かつて勤めた小山市の高校からは講演会の誘いがあったり、当初の予測よりもほんの少し忙しい日々を過ごしている。

今まで築いてきた人間関係に新しい仲間が加わり、危なっかしく世間という川を渡るシゲオを支えてくれる。第二の人生と言っても全く新しい人生が始まるわけではなく、今までの人生の中で、芽吹きを待つ冬の枝のように準備されてきたようだ。

定年退職後も「人気者」の素質は衰えないコミネシゲオである。

あとがき

小学校二年生になろうという春休み、私は、父が謄写版で刷りそこなったテスト問題の裏面に物語を書いた。「七つの目」という題で、主人公はオランダに住む若者ソット・レーフル。構成は、ちょうど絵日記のように上半分に絵を描き、下半分に文章を配した。印面を裏側に袋折りにして、ホッチキスで綴じた。出来上がった「本」は三〇ページほどあったと思う。初めて作ったわら半紙と石油系インクのにおいのする「本」に私は大満足であった。そして、父がこの「本」を大そうほめてくれたのが嬉しかった。「話もよくできているし、七つの目という題も良い。ソット・レーフルという名前はいったいどうやって考えたのか。いかにも外国の物語の主人公にぴったりの名前だ。」と百点満点の評価であった。私はこの時の父が興奮気味に言った一言〲を鮮明に記憶している。父は愉快でたまらないという表情で、中年太りの大きな腹をゆすって笑っていた。

私が書いた物語は次のようなものであった

オランダのある町にソット・レーフルという若者が住んでいた。気は優しくて頭も良い。勇気もあり力持ち。しかし、その顔には目が七つもついていた。

町の人たちは気味悪がって誰も近寄ってこない。友達がなく、いつも独りぼっちのソット・レーフルは、飼っていた子犬と一緒に旅に出る。旅の途中で遠い日本という国に行けば一口食べればたちまち望みがかなう木の実があるという噂を聞く。ソット・レーフルは自分の顔をみんなと同じような二つ目の顔にしたいと思い、日本を目指す。

日本に着いて、木の実のある場所を尋ねようと日本人に近づくが、見慣れない服装と七つ目のソット・レーフルを見てみな逃げてしまう。しばらく行くと、道端に倒れている河童に出会う。聞けば人間と友達になりたい河童は人間になりたくて、望みがかなう木の実を探しているうちに頭のお皿が乾いて倒れてしまったそうだ。ソット・レーフルは河童を介抱し、元気が出ると二人で木の実探しの旅を続ける。そしてついにソット・レーフルの犬が山の頂上で件の木の実を見つける。二人は喜ぶが、その木には実が一つしかなっていない。ソット・レーフルはそれを河童に譲ろうとするが、河童はこれを断る。結局、二人ともその実を食べることなく、木から下りる。友達が欲しいと思って、みんなと同じになりたくてこんなに遠くまで来たけど、友達なら、もういるじゃないか。ソット・レーフルと河童は腕を組んで山を下って行った。

この「本」は、私の手元に残っているわけではない。小学校二年生になった時にはどこに行ったのかわからなくなってしまった。それでも私がこの物語を詳細に記憶しているのは、父が「ここのくだりがすばらしい」とか「この登場人物が面白い」などと、仕上がった「本」を一緒に覗き込み、何度も何度もいっしょに読み返し、その都度新しい発見でもしたようにほめてくれたせいかもしれない。

今回私が書いた「コミネシゲオ」も、きっと父が生きていたなら、私が恥ずかしくなるくらいに褒めちぎることだろう。今年米寿を迎えた母も、当の弟のコミネシゲオも、妹のトモコも妻や子供達も、この本の完成を心待ちにしている。書く喜びもさることながら、読んでもらう喜びは私が予想した以上のものであったし、読む人とのあたたかい連帯感を感じる。

今回最初の読者になってくれたのは、当然に編集者としてお世話いただいた下野新聞社出版部の嶋田一雄さんである。嶋田さんとは奇遇な縁で、下野新聞社の広告局営業部にいらしたころに新聞広告を何度か依頼したことがあった。二十五年も前のことで、当時まだ二〇代だった嶋田さんとは、私が描いた広告のデザインについてのご感想などもいただきながら楽しく広告を作った覚えがある。

今回も「コミネシゲオ」の出版にあたっては、様々な視点から、ご感想やアドバイスをいただいた。読者目線のご意見は私にはとても新鮮で、参考にさせていただいた。「これは『コミネシゲオ』と題しているけれども、コミネシゲオさんの物語ではなく、永山さんの思い出を綴った短編映画集のようなものだから、書名を変えてはいかがか」との提案もあった。なるほどと思ったが、この点は私の記憶を呼び覚ますきっかけにもなり、それらの記憶を具象化したイメージとして、弟と二人で作った歌を配したというこだわりから、書名は当初の予定通り「コミネシゲオ」とさせていただいた。

私はごく平凡な人間である。特別に鋭い感性もなければ、特別に秀でた能力があるわけでもない。きっと私が感じるようなことは誰でも感じることなのだと思う。だからこそ私の感じた痛みや憧れ、ぬくもりや小さな幸せを言葉にして、同じ思いの人に届けてみたい。そんな私の詞に翼を与えてくれるのが弟の曲だった。一人でも思いを分かち合える人にその言葉たちが届いたなら、これに勝る幸せはない。

最後に、本書の出版に際し、お力添えをいただいた下野新聞社出版部の嶋田一雄さん、装丁デザインの村松隆太さん、表紙の絵を描いてくれた娘のことはに、あらためて謝意を表したい。

二〇二四年二月

永山伸一

著者　永山 伸一（ながやま・しんいち）

1959 年栃木県那須烏山市生まれ

佐野市、小山市で育ち、現在下野市在住

茨城県立下館第一高等学校、青山学院大学法学部卒

コミネシゲオ

2024（令和 6 ）年 2 月 28 日初版　第 1 刷発行

著　者　　永山 伸一

発　行　　下野新聞社

〒 320-8686 栃木県宇都宮市昭和 1-8-11

電　話 028 625 1135（編集出版部）

F A X 028-625-9619

https://www.shimotsuke.co.jp/

装　丁　　㈱コンパス・ポイント

印　刷　　晃南印刷㈱

定価はカバーに表示してあります。

コミネシゲオ　ディスコグラフィー

YouTube

1stAlbum

“OPTIMIST” —オプティミスト—

高校生活は楽しいこともたくさんあるけれど、悩みや悲しみも多い。若さは強く美しいが、同時にもろくはかない。「高校教師は子どもたちの伴走者」がモットーのコミネ先生はいつも全力疾走。若者へのエールを送るタイトル曲「人生 Optimist」、痛みを分け合い、傷ついた心を気づかう「瞳」他、全 11 曲を収録。シンプルで清新なデビューアルバム。全曲作詞作曲コミネシゲオ。コウダタカシ編曲。

2ndAlbum

“SPRING HAS COME“ —スプリングハズカム—

校長先生になったコミネシゲオ。創作活動もスロットル全開。1 度目は耳に心地よく、2 度目に古い記憶の扉が開かれる。3 度聴くと心に温かさがあふれてくる。1 年後でも 10 年後でも口ずさみたくなる歌、すべての世代に愛される歌をコミネシゲオは目指した。若者には語り掛けるように、大人とは語りあうように、コミネの歌声が響く。タイトル曲の「Spring has come」、他、全 11 曲を収録。全曲コミネシゲオ作曲。作詞コミネシゲオ・永山伸一。編曲コウダタカシ。

Single

“HAPPY BIRTHDAY” —ハッピーバースデー—

今は亡き「あなた」の誕生日を祝うタイトル曲「HAPPY BIRTHDAY」、マーガレット・パワーズの詩「足跡」へのオマージュである「マーガレット・パワーズを知っていますか」、遠い昔に呼ばれた名前の記憶、親しみを込めて呼んだ名前の記憶とともに懐かしい人々がよみがえる。魂の記憶を綴った「なまえ」の 3 曲を収録。作詞永山伸一、作曲コミネシゲオ、編曲コウダタカシのトリオで贈る、切なくも愛しい小さなサンクチュアリ。

3rdAlbum

“SIBLINGS” —シブリング—

コミネシゲオとコウダタカシの出会いから 5 年。コミネシゲオの世界は新たなステージへ。タイトル名の「Siblings」とは「兄弟姉妹」の意味。同じエピソードで何度でも笑える、何度でも泣ける。それは家族だから、友だちだから。一緒に泣き笑いした者の間の風景は色あせない。同じ記憶の中に大切な人々が生き続ける。人生の交叉点での出会いと別れを歌った「Crossroads」他、全 11 曲を収録。作詞永山伸一、作曲コミネシゲオ、編曲コウダタカシのトリオで贈る、渾身のフルアルバム。